白昼のスカイスクレエパア

Skyscraper of broad daylight

北園克衛モダン小説集

Kitazono Katsue

幻戯書房

index

V

装幀　真田幸治
編集協力　加藤　仁

北園克衛モダン小説集

白昼のスカイスクレエパア

凡例

一、本書のi～iv章は主に1930年代に発表された短篇を集成したものである。v章には文学論および小説集『黒い招待券』の前書を併録した。初出誌は巻末の一覧を参照のこと。

一、表記について、漢字は新字体に改めた。仮名は新仮名遣いに統一したが、カタカナは音引き等に改めることはしなかった。

一、著者独特の漢字・送り仮名については原稿のままとした。ただし、明らかな誤植と思われるものなどで、訂正した箇所がある。

一、本書の中には今日からみると不適切と思われる表現があるが、執筆時の時代背景、作品の芸術性を鑑み、そのままとした。

セパアドの居る家

朝少し遅れて食事を仕て居ると、栗の葉が散って行くのが、食器の白い肌に写ったり、ふと一条の影が、垂直に部屋を貫いたりした。私はどちらかと言えば、晩秋の此の屋敷を好ましく思っている。伯父が亡ってからずっと、三年間、住み古した此の別邸風の家は、いかがわしい階段や、窓枠こそ持ってはいるが、とにかくポオチやファサアドはまがいのないスペイン風の落ち附きを見せている。私は、この淡いブルウと、薄い朱の壁紙の室を書斎にして居るのだが、そこの南側の窓からは棕櫚の樹がしげっている庭園の一角が見える。棕櫚の樹などはあまり陰鬱で私は好まないし、何とはなしに頽廃的な相を持っているのではないだろうか。私はつとめて、竹林の方に眼を遣る様に心掛けて居るし、またその方に仕事机を置いて居る。とにかく私は一日の五分の二は竹林に向って何かしら手を動かして居るのであるが、たいていはドイツの新しい建築の雑誌と建築のフォトグラフを見ているに過ぎない。就中、ミイス・ファン・デル・ロオエの作品は極めて東洋的ではあり、どちらかと言えば日本的な傾向が強いことは、窓の大きさや、室内の区分の方法でも肯けると思う。敢えて私はファン・デル・ロオエの建築を日本家屋に結べつけようとは思わないが、そういう考え方は私の理解と説明の役には立つのである。

昨日、詩を書いている柚木と話して居たときに、計らずも机の上の原稿紙に落書した〈セパアドの居る家〉という一行に彼が眼をつけて、そんな題で小説を書こうとする幼稚さを攻撃して来た。彼に言わせると、この様な、印象的な題は既に古いし、こうした標題そのものが、作者の意図の感覚的な部分を表白して居るかと想像出来る様なのでは、いけないと言うのであった。

「何故ね」と私は軽く受けて「題なんかどうだっていいじゃないか。もっとも此れはただの落書なんだが」と反撥した。すると彼は、その〈題なんかどうでもいいじゃないか〉と言うのが悪いと言う。

「題はかんじんだよ。すくなくも題は題で一つのフォルムなんだ」

「一つのフォルムかどうかはまあいいとして、若し君がそういう風に言うなら、僕は『セパアドの居る家』でもいい、ただ〈セパアドの居る家〉の周囲だけを書いて、セパアドも出て来なければ、セパアドの居る家も書かないで小説を仕上げることが出来るし、出来ない筈がない」と言った。すると彼は口辺に勝利の色を泛《うか》べて、「多分、君はそんな風に言うだろう、だが、若し、この題で小説を書いて成功するとしたら、やはりセパアドとセパアドの居る家に就いて書いた方が、有利だろう。無論この場合、テマは通り一ペンのテマでは甘い物になるだろう」そう言って彼は帰って行ったのである。私は、敢えて彼の説をとやこう言う気はないのだが、また一理ある事に思って居もするが、こうなると私の性質として彼を叩っと言わせる事が出来るものなら、それを仕たいと言う熱情が、起って来て、是が非でも、『セパアドの居る家』と言う標題で、一篇書き上げなくては気がすまないのである。

そして〈セパアドの居る家〉と言う一行が私に与える常識、あるいは経験の糸を繰ってみる。すると柚木の説の適切さがあまりにも明らかになって来るのであった。とにかく、〈セパアドの居る家〉と言う題名から来る印象、経験を蒐めてみよう。先ず私の年齢として頭をかすめるイメイジは、白いポチオだ。それから白いレイスの窓掛け、白い低い柵。芝生。蔦かずらの壁、緑色の鎧戸。ノッカアの青銅の環。軽いピアノの音。糸杉の木立。門前のクリイム色のロオドスタア。自動車の赤いクッション。そこに投げ出された毛皮。n・r・fの発行のRoman2冊。運転台のグラブ。そして、ロマンチストは美しい文学的なマダムとかマドモアゼルとか、すくなくもその両方と、一人の敏感な青年を描き出すだろう。これは青年の小説としてはあまりに在り来りであり、こうしたプロットでもって芝居を仕たとすれば流行雑誌の口絵程の感動しか得られないだろう。それは誰れもが……尠くも私は真平である。

しかし私は柚木がどの程度のイメイジをその〈セパアドの居る家〉から引き出したかは解らないが、とにかく詩人である彼は、この程度のイメイジか、せいぜいこの上にブルウか、ココア色のベイルを懸けた程度ではあるまいかと思って居る。小説家に較べれば何と言ったって、詩人は甘いものであり、すくなくも抽象的で美的であることは否めない。

私は先ず〈セパアドの居る家〉をゆるやかなスロオプや、あるいは、松林の遠景が見える新開地の丘の上に持って行かない事にする。そして古めかしい洋館の屋根に鶏の風見のついた風景を置いて、海泡石のパイプをくわえたダンディを棲わせ、目録から珍奇な書物を三百冊ばかり借用しよう。カナリヤの籠を、その影が丁度そのポオやホフマン風の人物の上衣に縞模様を造る位置に吊り下げる。人物はなる可《べ》く個性的に幾分荒削りに仕上げて、そのセクレタリイに感覚的な少年を持ってくればいい。そしてその家から程遠くない処に水車場を造って、終日、その単純で鈍いリズムをその人物の耳に送りこんで置く、そして事件は、この水車場と〈セパアドの居る家〉とを結びつけて神秘的にオブスキアに運ばせれば良い。実際私はそうした水車場を知って居るのであるが、その水車場は無論小説的な事件など起りようもない程、経済的に設計されて居た。この粉場は小さなデルタの上に建られて居て、そこへ行くには小さな木の橋を渡らなければならなかった。粉場の前に一本の合歓樹《ねむのき》があって、夏には軟らかな薄桃色の花が咲いた。菖蒲を分けて游いでいる家鴨は朝はやくから鳴き喚き乍《なが》ら流れに金色の波紋を沈めて小魚を追っかけていた。この粉場の主人は古風な人で、電気に対しては殆んど何も知らなかったが、いつの間にか小さな発電機を据え付けて、粉場の暗い仕事場を電化していた。煌々と燦めいた電気の下で濛々と舞い上る粉を処理なして居るお神さんと、その主人は何と言う意外な事実であったことであろう。私はよく、その粉場の前に立って一日を暮らしたものであった。ところで〈セパアドの居る家〉と、水車場とを結びつける為めには未だ一つの要素が、私はそれを敢えて心理的な要素と言いたいのだが、そうしたものが欠けて居ると思うのである。と言うのは、私は殺人事件や田園の景物詩などとはまるで縁のない、言わばメタフィジックな作品を書こうと仕て居るからだ。従って水車場の役割はせいぜい単純で鈍い音響的背景を作って呉れればよい。そういう訳で、その〈セパアドの居る家〉の人物は、カナリヤの籠の下で背をまるめて水車場の鈍い単調な音をきき乍ら、そのマホガニイの机の上で、古ぼけた十七世紀風の装釘のある書物を繙いて、時折りその海泡石のパイプから煙を立ち昇らせて居ることにする。この人物は大貫三郎と言って、かつては陸軍騎兵大佐だったのである。欧州大戦の当時、彼は青島に出征して、モルトケ砲台と野砲が活潑な挨拶を交している真下で、一個大隊の手兵を指揮して縦横に馬を馳せて居た。月が砲煙を神秘的に輝かして、機関銃が思い出した様にはためいた。丁度第三回目前哨戦が始まって間もない時だった。本陣から一人の伝令が到着した。払暁までに本隊は五十キロの地点まで前進せよとの指令を、大貫中佐は馬の上で受取った。約三分後、隊は砲台を右手に見ながら丘陵の斜面を進んでいた。砲台は既に沈黙して居た。水銀色の月は冲天にかかっていた。と、前方の一隊が俄かに騒めきたった。機関銃の魔のような滑らかな諧調が盆地の空気を顫わせた。我軍は一せいに抜刀を芒《すすき》のように靡かせて敵陣に踊り込んで行った。この戦闘で彼は大差に昇進したが上胸部と大腿部に受けた貫通銃創のうちで、上胸部の方は危険なものだった。そして砲台が陥落すると同時に退役して、この風見鶏のある古風な書斎に引き込んで了ったのである。妻子のない気易さと、規律的な軍人堅気とを調和させる事は、極めて容易であり且つ有利な状態に在った大貫三郎氏の隠遁生活は、第三者が想像する様な堅苦しさや野蛮な処は見出せなかった。それに留学時代に欧米の簡易な生活の訓練も受けていたし、孤独な生活を豊富にする一種の趣味を持って居た。この趣味が刀剣の蒐集や、郵便切手のコレクションで無かった事は、彼の良き頭脳の象徴には成らないとしても彼が一介の武弁でなく豊かな才能の所有者であることの証明には成るかも知れない。兎に角、孤児になって了った遠縁にあたる少年と、一匹のセパアドの面倒を見ながら、単調な一日が、単調な水車場の音と共にフィルムのように繰り展《ひろ》げられて行った。

オビッドの「メタモルフォズ」や、「薔薇物語」のような書物は、「バイブル」がそうである様に、読む人物の知見に相応し、呼応して、その読者にふさわしい悦びを与えるものである。彼は青年時代にあわただしく読んだそれらの書物を再び読み返し乍ら、全く最初の遭遇ででもあるかのようなアトモスフェアを受けて驚いた。

午後になると、少年と犬を引率して庭園の芝生の上で暮すか、晴れた日には、街の珈琲店に出かけて行くのだった。この退役騎兵大佐殿は考えてみると、兵営や軍隊とは一向縁のないフラグラントな容貌と感情とを持って居たが、これは我国の二三の軍人出の文学者とは全く違って居る処であろう。森鷗外や岸田國士などもそうであるが、どこか未だ長靴めいた粗さや鞍ずれを想わせる。節々が、その流暢な、また軽妙なフランス風の洒落の中にさえちらする。これはフランスの軍人文学者と違った処で、言わばフランスの方が粋な拍車のついた将校の長靴だとすれば、我国の方はどこか兵卒めいたボックスの臭いがして居るのである。けれども大貫三郎氏にはそうした俗な隙が少しもなく、実に洗練されたムウド否エスプリの匂おやかさが彼の身辺に立ちこめてさえ居るようであった。彼はほんの少しエレミヤ風の詩を書いたが、秀抜な想像力と豊かな教養とが相俟って、フロレンスの名匠作る処の胸飾りのような精緻と率直とを兼備えていた。

少年は、この伯父の衣鉢を継いでいかにも好ましい青年になって行った。アシュンタと言う、美しいダアムさながらの名を持ったセパアドと共に、庭園の芝生の日向に寝ころんで、その白い毛並を櫛《くしけず》って遣る処を見たら、誰もがこの一家の言いようもない落ちつきと趣きに充ちた日常が思いやられることであろう。

私はここまで書続けて来たが、どこから、どう曲線を描いたかは解らないのであるが、いつか幼年時代の私を描いて居た事に気が附いたのである。実際私は孤児であったし、退役軍人である伯父に養われたのだから。勿論伯父は「メタモルフォズ」を読んだであろうし、「カンディド」も読んだだろう。だがエレミヤ風の哀歌は私の知る限り書かなかった様である。それに私は身辺小説や自伝小説には一向興味を感じないばかりか文学の理論としては人工の華々しさや俊敏性を尊いものとこそ思え、歴史の抽象性を無視したり自然科学から確実性を抜き去ったドキメントなどには更にインテリジェンスを感じないと言う計りである。で私は遂に小説『セパアドの居る家』を断念した。竹林の黄ばむのを硝子越しに眺め乍ら、幾日かをブルノオ・タウトの色彩建築に就いて思いめぐらして居たのだったが、そうしたある日詩人柚木が訪れて来て、いつかの〈セパアドの居る家〉のことを言い出したのだった。

書き捨てた小説の草稿を繰り展げ乍ら、彼は例の客観的な口調で言った。

「遂に一篇書き上げたね。これや小説になっている。立派に一篇の小説だよ」

「立派、君はやはり詩人さ、こんなものを見て小説呼ばわりをする所なぞは」と私は投げ遣りに答えたのだが、彼は一向譲歩しない計りか、私の小説眼の古さを笑うのであった。

「君はやはり十九世紀の文学に曳きずられているんだね。新しい小説のタイプを作って置き乍ら、その作者である君にはそれが解らないという情けない仕儀なのだよ。これだって立派にテマがあり、ムウドがあり、コンストラクションだって有るじゃないか。違っているのは、こういう小説の類が未だ無かったと言うだけさ。それに就いては将来文学史家が分類に困るだろう。が、作者にしてみれば、それがどうだと言うのか。君もいつの間にかエピゴオネンの卑屈さに陥ちたと言うものだよ」

「しかし」と私は彼の雄弁をさえ切って言ったのだった。

「しかしだね。僕はこれを計画的に書いたんではなく、余儀なくこんな物が書けて了ったのだ。そこを考え給え」

　すると柚木は笑い出した。

「君は徹底的に救い難いよ。読者はこの作品に就いて、君がどんな風な事情で書いたか、などと考えてもみるものか、問題はこの作品が小説として完全であるか否かだよ。そして僕はこの一篇が完全な小説的要素を持っているし、それが常識的に解結されて居ない計りか、極めて独創的な暗示を含んでいることを認めるんだ。ま、破らないで発表してみたまえ。ある時代には作家より読者が遅れて居る。だがある特殊な時代には、作者よりも読者の方が明快で進歩して居るのだ。これは例外だが、吾国の現状は間違いなくその特殊な時代なんだと思うね」

私はこの友達の説をまるまる信用した訳ではない。丁度、原稿を依頼されたので、その意味を附して、敢えて発表することにしたのが、此の『セパアドの居る家』なのである。

献　辞

間違い

ある初夏のことです。私は沓掛の宿から軽井沢に通ずる古い間道を軽井沢に向って歩いていました。初夏もすでになかばを過ぎたある暑い日の朝のことです。見渡す限り毛生欅《ぶな》や樅の木が爽やかな若葉を憂鬱なまでに青く冴えた高原の空に拡げて、吹きわたる朝の微風にやわらかく靡いていていました。路の石は未だ露に濡れて太陽の光りに淡い水蒸気をあげていました。私はその石の上を踏み乍ら静かに進んでゆきました。雑木林を抜けて来る微風はうすら寒いまでに清々しく新鮮でした。振り返ると沓掛の町はすでに丘の向うに消えていました。鶯が鳴きはじめました。その声はその山彦とともに足の下の方から上ってくるのです。時計を見ると十時を少し過ぎていました。私はポケットからチェリイを出しマッチを擦り、そばの岩の上に坐って、あくまで晴れわたった高原の沁みいるような青い空をあかず見ていました。すると一本の大きな樅の木の真上のところに星が一つダイヤモンドの様に燦めくのが見えました。しかし私はそれが星ではなく他の何かであることに気付きました。まもなくそのダイヤモンドの星は非常なスピイドで近づいて来る一台の飛行機であることがわかりました。飛行機はたちまち美しい爽快な響きを山々に響かせ乍ら私の上を一文字に飛び去りました。そして私はまた雑木林を下に歩いてゆくのでした。こうして暫く歩くうちに私は路がY字型になったところに来ました。勿論私は左のコオスを選ぶ可きだったのでした。しかしそれは一時間後にわかったことです。そしてその時には最うそのコオスを選ぶ必要がなくなっていた時でした。何故なら私はそこからまた沓掛の町の方へ引返して行ったからです。とにかく私はY字型の路を右にきれて軽井沢の Fish と書いた魚屋や自転車に乗った蜻蛉《とんぼ》のような眼の子供達の上に思いを馳せ乍ら歩いてゆきました。路の石は少しずつサイズが大きくなり、それに気付いた時は随分大きな石が乱雑に路の上に転がっているのでした。私はいつの間にか谷川の中を歩いているのではないかと疑った程でした。すると遠くの方で非常にかすかに女の歌うらしい声がきこえて来ました。私が近づくとその歌声も亦近づいて来ました。その歌のメロディは確かにかつて聞いたことのあるものでした。しかし間もなく私はその歌を思い出しました。それはエリック・サティの Je te veux と言うワルツ・サンテでした。私はそれをイヴォンヌ・ジョルジュが歌うのをグラモフォンできいたことがあったのでした。歌はだんだん近づいて来ました。そして間もなくその歌の主の白いブラウスが見えて来ました。彼女は私を見ると忽ち歌うのを止めました。そして私をいぶかるように路の片側に立って見つめていましたが、決心したらしく路の中央に出ると私に声をかけました、

——あの、どちらへ御出になるおつもりですの、こんなことお訊ねして失礼ですが。

私は直ぐに軽井沢の方へ出るつもりだと答えました。すると彼女は私の気紛れを笑い乍ら随分廻り道になるであろうと言うのでした。私は最初からハイキングのつもりでこの古い間道を撰んだので、必ずしも軽井沢の町へ行かなければならない訳ではないと答えました。しかしそれよりもこんな古い荒廃した路でサティの唄を歌う女性に逢ったことに強く心を索かれました。それで私は試みに、この近くに家があるのですかときくと彼女は直ぐ近くに彼女の家があると答えました。そして私がさっき歌っていらしたのはサティの唄ですかと言うと、あれは出鱈目ですのと言いました。しかしそれ以上を話すこともなくなったのですれ違って歩いて行きました。路は益々狭くなり、あまつさえ腐ちた大きな毛生欅や樅の木の丸太が路に横たわっていました。私はだんだん不安になって来ました。するとまもなく、さっき歌っていたサティの唄が追いかけるように近づいて来るのでした。私は立ち止って、その歌の主を待つことに決心しました。そしてふと足元を見ると、一株の蘭が生えているのを見付けま

した。しかもその蘭は素人の眼にも珍らしい種類のものであることが一眼でわかりました。私は歌を忘れてその一株の蘭を掘ることに熱中し始めました。蘭は思ったよりも易々と石の間から取り出すことが出来たのです。そしてふと顔を上げると、そばの腐ちた毛生欅の木のそばに先刻の人が立っているのでした。そして私の仕事が終ったのを見ると近づいて来て、この路はどこにも通じていない路であると言いました。彼女はさっきそれを言うつもりだったが、多分私が知っていて彼女をからかったのであろうと思ったのでそのまま行きすぎて了ったのだったが、考えてみると気にかかるので引返して来たのだと言いました。私は彼女のそのシィリアスな感情を好ましく思いました。私は路を間違ったお蔭でこんなものを見つけました。と言ってその蘭の一株を彼女の前に差し出しました。すると彼女は非常に驚いて、この蘭は全く素晴らしいもので若し彼女の父が見たらきっと大騒動になるでしょうと言いました。

私は別にその蘭に執着する気がなかったので若し御気に召したら差し上げても良いと言うと、彼女は非常に感謝して是非父にこの蘭をわけて呉れるようにと熱心に繰返すのでした。私はたった今石の間から掘り出した一株の植物がそんなに彼女を喜こばしたことに限りなく満足しました。そして彼女の家の方へその路を引返すことにしました。

私達は間もなく大きな岩のところに来ました。そこから細い道が雑木林の中に通じていました。私はその細い雑木林のなかを歩き乍ら、ふとポオのある物語りの最初の数行を思い出しました。しかし、この道はポオの物語りとは逆に、何の人工もない普通の山路に過ぎませんでした。しばらく行くと道は降りになり、かすかに渓流のせせらぎがきこえて来ました。私は彼女をふりかえって水が流れていますねと言いました。すると彼女は藤の蔦を避け乍ら次ぎのように答えました。

——この谷川が流れていますの。そしてその岸に私の家があります。私達は三年前その谷川のそばに家を造りました。弟の健康のために大変良いものですから、雪が消える頃になると私達は大急ぎで駒込の家に母と妹たちを残してここに来るのです。山の中の生活は本当に愉しいものですわね。私はすっかり牧歌的になってしまったような気がします。家にはアヒルや七面鳥や鶏も飼って居ます。それに蜜蜂や山羊も居ます。大変な家族ですわね。

——ちっとも退屈なさらないですか。

——ええ、それはもう呑気なのですもの。それに一週間に一度位いは軽井沢か、沓掛に行きますのよ。だから駒込に居るよりかよっぽど文明的な生活ですわ。もう家が見えて来ました。父と弟がお昼のラジオ体操をしています。

私は樅の林の間から谷間の家を見ました。谷川の水が正午の太陽にセロファンのように光っていました。彼女の家は不正確な半円の石垣に囲まれた可なりに広い平地に建てられていました。藤蔦がその石垣を覆って一面に紫の花を垂れていました。小さな石垣の切れ目がその家の門のかわりになっていました。その門にもやはり藤の蔦が自然のアーチを形造って、におやかな薄紫の花の房を垂れていました。彼女は蘭や名の知れない寄生植物の鉢が無雑作に並べられた広いファサアドの横を巡って庭の方へ這入って行きました。私は玄関の前に立って、無数に吊り下げられた寄生植物の鉢や床の上に並べられた蘭の花を見乍ら、この一家の美しい豊かなアトモスフェアを感じないわけにはいきませんでした。間もなく私は彼女に導かれて書斎へ通されました。彼女の父は多分五十もなかばを過ぎた年配の何とはなしにプロフェッサアを思わせる人物でした。私が這入って行くと立ち上ってかたわらの椅子をすゝめ乍ら、娘から貴方の素晴しい発見のニュースを承った処ですと言いました。

――よくいらっしゃいました。御迷惑でなかったらどうかゆっくり話していって下さい。こういう人跡未踏の世界で一向御かまいも出来ませんが、家の者も皆貴方の様な珍客があれば良いと毎日あてもなしに待っているような次第です。そこにまずいデッサンをやっているのはリョウの弟で昨年やっと二科へ出しましたが、まあ画家志望者です。貴方は御見受けするところそういう方面に御関係の方らしいと実は想像したところですが何が御専門でいられますか。

——私は専門と言うのも変ですが文学愛好者かも知れません。

——と言うと、何かお書きになりますか。例えば詩とか小説とか戯曲とか。

——いいえ、只人の書いたものを読むばかりです。

するとその老人は甚だ意に満たないと言う身振りをして言いました。

——それはいけませんよ。是非お書きなさい。他人の書いたもので満足するなんて才能の無い者のやることです。詩でも戯曲でもよろしい。創作しなければいけません。リョウにも言うのですが、ドビュッシイだとかラベルだとかヒンデミットだとか言い乍ら結局生涯自分の中はカラッポで終るのは勿体ないことです。もっともリョウにその才能があるかどうか、これはリョウの方が良く知ってるわけですがね。

——お父さまのように物が簡単に考えられたら私ほんとに嬉しいんだけど、そうはいきませんもの。

——私は芸術が簡単なものだとは言やせん。だが芸術を創造しようとする欲望を持つと言うことは単純な動機からであってもよいと思う。そうではないですか。私はその点を申すのです。お書きなさい。とにかく書いてみることです。彼のような不正確極まる絵でも結構、無の空間に何かを形造ると言うことは偉大なことです。才能を持つ人間の責任です。

——お父さん、僕まで引合いに出さなくても良いでしょう。

——本当にお父さまは失礼よ。

——いや失礼は筈はない。大いに激励これ務めているのだよ。

私達は老人といっしょに朗らかに笑いました。軽い食事のあとで彼女とその弟と私は庭の方へ出て行きました。その緩いスロオプは軟らかなロオンで覆われてキルク*のサンダルに絨氈のように弾力のある心よい感触が伝わって来るのでした。スロオプが終る所に三十センチ程のベトン*の柵があって、そこから階段になって谷川に続いていました。私はその透明な水にしみじみと手をひたしました。私が永い間求めていた生活とは全く異った形式でそれはあったが、しかしすべての形式を越えて、そこに一脈相通ずる生活の理想を恻々と身近に感じない訳にはいきませんでした。やがて私は老人に贈った蘭の残りの一株を植えた鉢を受けとると、岩のところまで送って来た彼女と別れました。

——では今度沓掛に行く時きっとお邪魔させて頂きましてよ。お気が向いたら是非また御出かけ下さいましね。

私は彼女がまたサティの唄を歌い乍ら遠ざかって行くのを背後にきき乍ら沓掛の宿の方へ黄昏近い路をいそいで帰りました。

しかし私はその後彼女に逢う機会を持ちませんでした。と言うのは偶然訪ねて来た友人と共に上高地の方へ移ることになったからです。そして秋風がたつ頃、私とその友人とは東京に帰りました。慌ただしい街の生活にまぎれて私は永い間彼女の一家の上に思いを及ぼす日を持つこともなく、また幾度目かの初夏が訪れて来ました。ある暑い日の午後でした。私は新しいサン・スクリインの下を歩き乍ら、新しい詩集の装釘について考え乍ら銀座の舗道を歩いていました。すると突然、一人の婦人が追いかけて来て私の名前を呼ぶのでした。そして私が振り返ると、その婦人はあでやかに笑い乍ら、やっと嘘つきの詩人をつかまえましたわね、と言いました。言うまでもなくかつて沓掛の間道で逢った彼女でした。彼女はその後私が書いた作品を見つけると、驚く可き熱心さで殆んど全部の作品を読みましたと言って笑いました。一番困ったのは同人雑誌の作品を探すことでしたわとも言うのでした。私は彼女の一家をあまりに永く忘れていましたが、彼女の父の一言は私のなかに深く眠っていた牧神を目覚す一声の角笛だったのです。私は非常なスピイドをもって詩に関するあらゆる書物を漁りました。そして漸く原稿に向う勇気と大胆さを学んだのです。私は彼女の服装を見て彼女が既にマダムであることを知りました。そして私の話がその事に触れると、彼女はクロオド・アネエの一句をペシミスティックなニュアンスを含めて引用しました。

——恋は自ら選ぶのではない。天から降って来るのですって、しかしある人は言うかも知れないわ、煉瓦のようにって。……煉瓦なんか厭ですものね。

私はとある茶房のテイブルに彼女と向いあって熱いコオヒイを啜り乍ら、言いようのない美しいメランコリイが満ちてゆくのを感じました。そしてふと彼女の眼を見たとき私は彼女が何故にアネエの一句を用いたかを知ることが出来ました。しかし私はクリイムホオンに荒々しくフォークを突刺し乍ら愚かな笑いに紛らわせて了うのでした。

——先日私の友人の一人がフランスから帰りましたが、そのお土産にブラッセルの陶器のパイプと灰皿を呉れました。その灰皿にこんな文句が書いてあるんですよ。IL FAUT ECOUTER SA FEMME ET NE PAS LA CROIRE〔妻（女）の言葉は聞け、信じるな〕って。

——あなたはその言葉を信じていらっしゃるの？

——そうです。

と私は言いました。

——すくなくとも今日は信じたいと思います。

すると彼女は不意に明るく笑うのでした。

——あら、あなたもやっぱりお馬鹿さんですのね。

茶房を出て尾張町の角まで来ると、彼女は突然立ち上りました。

——あなたは美しい詩をお書きなさいましね。

私は彼女の激しい感情をこめた言葉に驚いて彼女を見、そして思わず全身が熱くなるのを感じました。彼女は泪の眼に微かな笑いを湛え乍らいきなりオルボアもなしに十字路を横切って行きました。私はその去って行く彼女の焔のような姿に向って軽く手をあげました。そして私はこの一週間を考えあぐねていた私の新しい詩集のデディカアス*を誰れにすべきかを決心しました。無論それは今更言うまでもありません。

オワゾオ夫人

ある星の美しい初秋の晩であった。私は友人のTとチェリイをくゆらせながら銀座の舗道を歩いていた。私と彼とは退屈につけ多忙につけ何とか理由を見つけては銀座を歩く習慣になっていた。彼はチェリイを喫い終るといつもの様に私に訊ねた。『最近何か書いているかね』これは何処かの原稿を書いているかね、と言う意味なのである。で私は答えた。『うん、想い出される女、と言う随筆を頼まれたんだ』すると彼はカスタネットのような音を立てて笑い出した。彼に言わせると私は女とは全く縁のない人生の軌道を廻転している三角な星であり、生活ときたら幾何学の図形のような、索漠たるものであるらしいのである。すくなくともロマンスなどとは全く関係のない冬の日のプリズムのような人間だと思っているらしいのである。しかしこれは必ずしも彼の認識不足とは言い切れないのであって、私も多少自分の無情さと鈍感さには匙を投げた形である。こういう恋愛ピンボケ症の私の前に現われた女性こそ正に災難である。オワゾオ夫人はこういう災難を蒙った女性の一人だった。ある夏のことである。白いピケのスポオツ帽を無雑作にかぶり、同じ生地スウッを着た婦人が軽井沢のプラットフォムに降り立った。それがオワゾオ夫人だった。オワゾオ夫人は実際はそんな名ではなくまた異国の人でもなかった。ただ私が便宜上付けた仮の名なのである。しかし彼女は全く小鳥の名にふさわしい快活で明るい女性だった。私と彼女が知り合うと先ずその趣味が全く反対であることに一驚した。例えば私は日用品は何でもできるだけ大型のものを好んだ。コップもインク瓶も封筒も何もかも最大限を目ざして突貫していた。ところが彼女はそれとは逆に最小限に向って進行しているのだった。コンパクトも時計も写真帳も彼女の小型主義は徹底していた。しかもそれらは私の実用主義に対して極端に贅沢なものであった。しかも例外なしに金銀宝石を惜気もなく鏤めたスペッシャル・メイドだった。『あなたは実に贅沢過ぎますよ』と私は言い言いした。すると彼女はその深い光沢を持った眼を皮肉に変化させ乍ら『貴方のお台所趣味とは別よ』と言うのだった。彼女のいつも光を漂わせて居る眼はどちらかと言えば無限に人の心を吸引する湖のような眼であった。その湖の眼をネムの木の花のような繊細な睫毛が温かに覆っていた。しかし私はどちらかと言うとその眼を好まなかった。私はそれよりか透明な貝殻を思わせる冷く冴えた形の良い額が好きであった。それは叡智の象徴であり、それは私の心に信頼と静けさとを保証したからであろう。彼女はまたコスチュウムに対して秀抜な感覚を持っていた。どんな無雑作なスウツにも何処かしら豪奢な厳しさと柔和な気品が漂っていた。ある日私は彼女のコスチュウムの批評に『粋』と言う言葉を使った事があった。すると彼女はさっと表情を変えて、あくまで追求するような口調で言った。『粋ってどんな意味、私は全然それとは逆なつもりよ』と言った。彼女はヨオロッパ的にも日本的にも『粋』というカテゴリイに属する趣味を極端に軽侮していた。彼女はどちらかと言うと所謂社交好きな女性ではなかった。極少数の気の合った友人と深く愉しむことを絶えず求めていた。それはゴルフ・リンクでもホテルのロビーでも必ずそうであった。夕暮れの林を歩き乍ら彼女は不意に手を把えて私の眼を凝視し乍ら『貴方はどんな女がお好き？』とたずねた事がある。『私は、夫人のような女性が好きです』と無雑作に答えた。夫人は、この三週間の間に六人恋人を変えたと言われる気紛れで罪のない女だった。『やっぱり貴方も男なのね』彼女はそう言って眼をそむけた。然しそれは私の意味ないパラドックスに過ぎなかったのである。それから十数日の後、私はそれがパラドックスに過ぎなかったことを話す機会を得た。彼女と私は白樺の林を遠く見下す位置に坐っていた。『それは妾《わたし》がお好きと言う意味ですと仰言っても良いのよ』そう言って彼女は不意に立ち上ると荒々しい眼で私を見た。そして長い間じっと向いあって居たが、やがて踵を返すと挨拶もせずに歩いて行った。翌日私が訪ねると、彼女は山を去った後であった。私はホテルのボオイから一枚の封筒を受けとると林の中を歩き乍ら封を切った。封筒の中には『貴方は愚かな私を救って下さいました。でも貴方は男ではなかった』私は落葉する林をいつまでもさまよい、その手紙を際限もなく細かに裂き乍ら後悔とも絶望ともつかず自らを怨んだ。

★

それから幾度目かの秋がまた巡って来た。

一杯のリキュウルの後でのように私は優しい愛着をもって彼女との透明なアミチエを思い出す。

ある結婚

最近に読んだある書物の序文の中で、その筆者は文学を軽侮して「猥《みだ》りに恋愛を公言する文学に愛憎《あいそ》をつかし」法科を学んだと書いていた。猥りに恋愛を公言する「文学」の陋劣さは彼氏の軽侮に待つまでもなく、全く哀れにも醜悪である。にも拘らず、私はここでまたしてもある恋愛に就いて書いてみようと思うのである。

芥川三郎は恋愛と全然関係のない男だった。しかし彼は殊更に女性を無視したり、また恋愛の下等さを広言して自ら高しとするあのセンチメンタルな恋愛否定患者とは全く選を異にしている部類の人間だった。

彼の容貌には一種の魅力があり、また何かの問題に就いて確信を語る時は寧ろ輝しい表情をさえ持っていた。かてて加えて彼は有福な家庭の生れであったから一つのシイズンを一着のサックコオトで間に合せている連中の間では実に調《ととの》った身だしなみの男と言ってよかった。

魅力のある容貌を持ち、調った服装と冷やかではあったが、緻密な頭を持った彼の傍に、かつて一人の女性も現われなかったとは考えられない話である。

はたして彼の傍に一人の女性も現われなかったのであろうか。しかし私は即座にノオと答えることが出来る。否彼の歩む傍には絶えず女性の影があったとさえ言えるだろう。彼の友人の一人が彼に就いてこんな風に書いたことがあった。

――「恋愛は下品です」と彼は恋から逃げ出す。そしていつも彼は相手の女を憎悪に近い気持で侮蔑する。そして彼は苦々し気に告白する「何故女はいつもこうなんだろう！」

僕達はこれを彼の卒業と呼んでいる。――

彼を多少とも知っている友人であったら、この断片が彼を如何に巧妙に表現しているかを認め、そしてあまりの正確さに笑い出すことであろう。

私には彼が何の用意もなく無雑作に女性の中に入って行き、少しの傷も受けずに最初の状態のまま現われて来る彼の鮮やかな転身術が何か綺術のように思えるのだった。

十月のある午後であった。空には美しい片雲が漂っていた。そしてフレグラントな微風がアトリエの庭の一本のボダイ樹の葉を静かに吹いていた。コンクリィト製のスワンの口から水蓮の上に落ちている噴水の静かな音を聴きながら、彼と私はロオン*の上に腹這いになってさんざ夕食を待ちくたびれた揚句、ふと、クロオド・アネエの言葉を思い出して呟いた。

『吾々は恋人を選ぶのではない、天から降って来るのである。しかし或る人は更に附加えるだろう——煉瓦のように、と』

すると彼は不意に上半身を起して言った。

『煉瓦のように——か。しかしそれは少し誇張だね。あれは誰の小説だったかな、こんなのがあった。——僕は結婚した男を見ても羨しいなんて思ったことがない。その女が美しいなら美しいで、いつか他人の物になるのではないかとしょっちゅうビクビクしている男程に哀れなものはないし、醜い女を持った男は男で気の毒なのは言うまでもない。しかしといって僕は同情する気持なんて少しもありはしないのだが、——ってね。この方が遙かに卒直らしいようだ』

『ふん。それもまた一種の負け惜みミタイなものさ。誰でもいつかはジュリエットを見つけてしまうんだよ。するとトタンに蔦のからみついた垂直の壁を奇妙な格好で登り始めることになる。君だって登るよ』

『僕が、ふん。誰でも、いつかはジュリエットを見つけるというが、僕にとってはすべての女性がジュリエットにすぎないね。君流に言えば僕は蔦の下に埋った街に住んでいるようなものだ。僕の願いは空中へ飛び出すことさ。恋をする女のあのギゴチない動作、突飛な手の動き、硬い流動性のない表情、排他的な執着、そうした事柄に原因する固い非階調的な雰囲気、全くSOSだなあ』

『君は卵の殻の割り方を知らない卵の批評家といった感じだね』

『卵は割られねばならない』

『卵は割るべきだ』

『君、卵は今百匁《め》いくらしているか知っているかね』

『えっ、馬鹿ばかしい』

風が少し強くなった。アトリエのガラスに夕焼が光り始めた。そしてこの白亜のアトリエ全体が昔支那のある王がこよなく愛したというオランダ製の華麗な幻燈機のように輝かしく丘の頂に浮き出して来た。

二人はロオンを踏んでヴェランダの食卓の方へ歩いていった。

デザアトの林檎を食べながら、彼は僕とも僕の家の女中ともつかず突然立ち上って言った。

『実は、僕は今度結婚します。どうかよろしく』

僕は思わずナイフを投げ出すと、立ち上って言った。

『結婚するって。や、お目出度う。じゃNだろう。それともE子さんかね。え？』

『いや。ある婦人さ。すくなくともジュリエットではないね。いずれにしても僕は結婚する。一度も恋らしい恋もしないで、そして誰も知らないような婦人と結婚するのは、別に平凡趣味のせいではない。ただ僕はあまりに才能ある奇麗な女性を見すぎた。僕は自分の食卓に饗宴のシャンペン酒を持ちこむかわりに、一杯の真水を求めることにきめた』

私は冷えびえとボダイ樹の葉を鳴す微風に吹かれながら、固い林檎の一片を噛み砕いた。そしてこの聡明な友の何かしら惻々と心に触れる突然な結婚の披露の言葉をききながら、数年前私が彼と知り合って間もなく、彼が上高地のあるホテルから書いてよこした手紙の一節をふと思い出した。それは、次のようなものである。

……僕は滑稽でなければいつも十人あまりの美しい女友達を持っていることを告白してもよい。そして僕は何らかの意味でそれらの人びとのプリンシプルに敬意を持ち、またそれらの人びとのキャラクタアを尊重している。然しながら、それらの人びとの半分は僕がその人びとに恋をしない事を識っており、他の半分の人びとは僕が恋しはじめたならば何時でも逃げ出すだけの覚悟はしている人びとなのである。と言うことを諸君が知ったら、諸君は一人の退屈なメイトレス、もしくは強情なマダムを持ったことを寧ろ倖《さいわい》なことだと思うべきだ……。

当時私は彼を繞《めぐ》る多くの女性の華やかさに惑わされて、その一文も単なるイデエの遊戯とのみ考えたのであったが、しかし私は今、それが彼の深いある絶望の吐息を揺曳しているのを明らかに感じることが出来たのであった。

秋

秋が深くなるにつれて、彼の窓を埋めていたポプラァの葉の茂みが黄色くなり、斑になり、そして落ちて行った。白い鳥籠のようなポプラァの木の華奢な骨格の向うに美しい空と雲が現われた。それは彼のスランプとは無関係に、それは颯爽とした秋の美しい空と雲であった。静かな遠景が、シルエットになって貝殻の中に落ちてしまうと、夜が来る。星と家家の灯とがいり混って夜の空を二倍に見せる。それは早朝の薄明の頃まで続くのだ。彼はこうした秋のプラトニックな情景にむかって煙草を喫った。肖像のように身じろぎもせずに、彼はシガレットチウヴをくわえ時計の鳴るのを感じていたりする。〈時計が鳴る〉そしてそれきりだった。

彼はまたあるときは煙草を喫い、仕方なしに本を読む。それはいろんな種類の本であった。もうすっかり視力が疲れてしまっても、彼は最初と同じポオズとスピイドでペエジをめくった。この怠惰な感じが何かしら彼の気分を不純にすることがある。すると彼はあわてて熱心に読むふりをする。こうして自分を瞞着するのだ。そして彼は大変に巧く瞞まされて了った何物かに、煙草の煙を吹きかける。こうして終には開いた本の上でマニキュアを始めたりするのである。

晴れた日の午後、彼はいつも樅の林をめぐって散歩した。彼はいい加減なステッキを振り、いい加減なジャケツを着て、白菜の畑のそばを散歩する。馬鈴薯の山が、不意に彼の行く手をふさいでいた。彼は馬鈴薯に就てあまり興味がないから雑草の中へ足を踏み込んで通りすぎて行く。彼は遠近のバンガロオ風の住宅の白い壁や、色とりどりの貯水タンクの鉄塔を、ふりかえった時に見る。それからまた煙草をくわえて歩いて行く。（人生とは何ぞや）そういう言葉の側を、苦笑して通り過ぎるすべての人物のように、彼も亦すべてが無意味だった。

然し習慣がいつの間にか彼の散歩の道すじをきめてしまった。彼は昨日も一昨日も同じ時刻に同じ場所を通って帰ったことを思い出す。否もう二ケ月と言うものは電気仕掛のペデストリヤン*そのままなんだ。彼はそして必ずその場所に来るとポオの「ランダア屋敷」を思い出し、木犀のある長い石垣の処ではホフマンの「スキュデリ嬢」を一寸と思う。それから国道でルッソオの絵とヴァイオリンのことを考える。それから坂を下りながら右手に見えて来る耕地整理の紀念碑にアクロポリとオベリスクとクライスラア・ビルを殆んど同時に憶い出すのだ。彼はそうした理由のない制限に対して理由のない反抗を開始する。彼は意味ない廻り道や凸凹の廃道の方へ突進する。そして茨や草の実に悩みながら、全く憂鬱になって白菜の畑の中へ飛び出して了うことになる。しかしそれはあまり永続きがしない。第一彼のズボンと肉体が悲鳴をあげるからだ。そしてやがていつかは、彼はまた以前の道を撰ぶ。最初の習慣のように同じ時刻に小さな石橋を渡り、そこで女郎花の叢《くさむら》にサッとステッキを御見舞する。それから白菜の畑を過ぎて国道に出る。国道を五分間程行くと右に折れる小さな坂道がある。そこから樅の林の裏側に出る。八幡太郎義家の杜の下を通って玄関に到着する。これが彼の散歩のコオスなのだ。この知り尽した道すじが彼の視覚を開放するのだった。彼はステッキを振り、白い柵を越してある住宅の庭の美しい芝生と芝生の上の白いブランコ台を見て行く。秋の薔薇がもう跡形もなく過ぎて了ったことを他の家の生籬に感じる。それからマンドリンの鳴る家のすじ向いのピアノ。そしてそれらの近代的な生活圏を通り過ぎると石橋が来る。やや遠方の小松林。小松林の上の巻雲。彼はステッキを上げて女郎花の叢を叩きつける。白菜の畑の方へ曲るのだ。白菜の長い行列が終るあたりに来ると、もうあたりの情景は全く寂寥としている。彼はトマトや石塊が転転としている耕作道路の上に鋭くめりこんだ野菜車の轍《わだち》を興味もなく見つつ歩いて行くのだ。黒い道路の上のトマトや石塊の長い長い投影。それらのほのかなハイライト。雑木林の下の薄暗い坂道。その上に茂っている雑草が微風にひえびえとなびいている。そこから灰色に光る沼が見える。水門が鳴っている。貝殻を数えるような虫の鳴き声。そして竹籔が空の方でざわめいているのだった。彼は煙草がにがくなって来る。水門の上を渡って切り開いた坂を登る。それは全く草土社風の道だ。坂を登りきると、また一群のバンガロオ風の住宅がある。酒屋のギャルソンたちが丘から丘へ、自転車のタイヤアのリボンで、日に幾度となく此れらの建築をチョコレエトのようにつなぐのだ。テニスコオトをめぐるコスモスの層雲。棕櫚の林にはもう夜が匂っている。彼はそこで国道に出る。五分間は砂煙のあがる不愉快な道だ。彼はまた雑草で一杯になった小さな道へ降りて行く。樅の林は黒い塊でしかなくなっている。振り返ると丘の上に星が光っている。彼はステッキを振ってスピイドを加える。肥料の匂いが哀しく伝って来る。彼は意味なく顔をあげる。しかしそれだけなのだ。彼は彼の才能で観察し、考えることの可能なものは何一つのこすことなく観察し考え尽してしまったのだ。彼は顔をあげ、そして暗くなった木立や遠景をひとわたり見ると頭をさげた。彼は歩いて行く。すべての、なすべき事をなし終って希臘を出て行く希臘人のように。

だがそれはほんの瞬間だった。彼は驚いたのだ。彼は樅の林の中をすかして見る。そして何ものかに命令するような口調で叫んだ。

「誰です、出て来たまえ！」

すると樅の林の中から女の声が答えた。そしていきなり彼の前に一人の女が立っていた。

「あなたはどなた？　びっくりしましたわ私」

彼は自分の前に立った女の美しい容貌と繊細な頸を温めている毛皮の柔軟な感触とブラウンの衣裳を見た。

「僕の方がびっくりしますよ。どうなさったのですか」

彼は自分の驚きを隠すために、先刻の命令的な口調のままで言った。それは彼の前に立っている美しい婦人と奇妙な調和だった。しかし毛皮の婦人は、彼の乱暴な口調と彼の滑稽な容子とを比較して、却って彼を信用さえしているのだった。

「あたくし誰かと思って隠れましたのよ。こんなに暗いから怖しかったのですわ。でも本統にあなたでよかったわ、ええ、そうよ、若しかと思って」

「若しかと思って？　じゃ僕は誰かに似ていたんだ」

「いいえ」

「じゃ僕を何か、悪漢だと思ったんでしょう」

「馬鹿ねあたくし、ほんとうにそう思ったのかも知れませんわね。それであなたが通り過ぎていらっしゃるまで隠れてたのですわ」

「あんな隠れかたじゃ、悪漢は直ぐに見つけるでしょう」

「いいえ。そんな方でないことが直ぐわかったのですわ。でも出るわけに行かないから待っていたのです、びっくりなさるといけないと思って」

彼は女との会話に思わず苦笑した。

「で、どこまでお帰りになるのです？」

「あそこ、あの丘の上のポプラアの樹のある家ですわ」

彼は丘の上の一群の住宅とポプラアの梢を見た。それは星の光った空にかすかなシルエットとなって滲んでいた。

「あ、僕はさっきあの下を歩いて来たんです」

彼は彼の胸と殆んど触れあう程の距離にある女の胸を見た。女の美しい歯と微笑を見た。彼はいきなり女の肩の上に手を伸ばして唇に唇を持って行った。それはほんの瞬間だった。彼女は彼の腕の中で、しだいに抵抗することの不利を悟った。それに自分の意志からでなく触れた他人の皮膚の感覚が一体なんだろう。彼女は彼の腕から静かに遁れたとき彼に言った。

「ずいぶんなひどい方ね」　彼はこの女は憤ると一層美しいと思った。

「僕はそう思いません。僕は少し正直すぎただけですよ」

「まあ図図しい方」

「何故です。僕は美しい婦人を心から讃美したんです。僕は貴女のような美しい婦人に逢ったのは本統に今が最初だったからです。僕があなたの様な綺麗な婦人にこれから先逢えるかどうか疑問なのです。僕はそれが怖しかったのです。僕はもうあなたに恋しているのかも知れないのです。さ、僕を打って下さい。僕は無礼を働いた野蛮人なのです。……僕はあなたのその涙が憎悪と侮蔑の涙でしかないことがよく解るのです。僕の頬を打って下さい。僕は何もしません。僕は打たれたらまっすぐに僕の家へ歩いて行きますよ。なぜ打って下さらないんですか」

「いいえ、あたくし打ちませんの。だってあなたは悪い方じゃないらしいのですもの、おあやまりになったんですから……」

「それは、それだけの罪を犯したからです。だのにあなたはそれを罰しないんです」

「罰しませんわ、そのかわり若しか、あたくしの家の近くまで送って頂けません？　恐しいのですもの」

彼はあらためて女を見た。そして彼女の意外な言葉の真意を疑った。それはよくある事だった。多分この女は頬打よりも一層苛酷な方法で罰するに違いないのだ。と彼は考えた。それが土佐犬の牙の兇暴な一撃であっても仕方はない。彼はすっかり諦めて、女とならんで歩き始める。彼の想像は大体に於て女の計画と合致していた。牙の一撃が彼女の高い一声に変ればよかったのだった。彼女の家に隣あっている警部は彼の冒険に最も合法的な制裁を与える筈だったからだ。雑木林の下を歩きながら、彼は礼儀正しかった。彼らは、坂道を静かに登って行く。彼女は彼女の職業に就いて話した。彼女は美容院の技術家だった。話が香水に移ると彼はいつか読んだ香水の創始者であるイタリィの貴婦人に就ての詳細な記憶に自分ながら驚くのだった。彼女はコティの香水のラフなこと、ウビガンはそれに比較して緻密だが趣のないこと、結極、ピベだのスイスのギモダンのような小さな会社にびっくりするような製品があること、バッキンガム宮殿香水やウゼニィ皇后香水の荘麗な薫について彼女は驚くばかりの精巧な形容を知っているのだった。

「そうですの、いまに本統の香料を使った香水なんてなくなりましてよ。そして白檀でも麝香でもないケミカルな香いばかりが残るのですわね。ダンディ・ドルセの新製品なんか見ると、ぞっとする程ですわ」

「何だってみんなそうなのですよ。小説も詩も絵も音楽も何にもかも。ほんとうに何もかもですね」

坂を登りきると国道に出る。彼女は彼を呼び止めた。彼女はもうさっきの計画を放棄していた。彼女は青年にある親しみさえも感じているのだった。そして気障な、卑怯な態度のように考えられた樅の林の側での青年の後悔が、真実に彼のパションに対して彼のデリカシィがする絶望的なプライドであったことが彼女にははっきりと解ったのだった。

「お帰になって下さいません。そして今日のことはすっかりお忘れになって下さいましな。そして思い出さないで下さいませ。それがあなたのなすったことに対する罰ですわ」

彼は彼の想像が可成り近いものであったこと、そしてその刑罰から赦されたことをひそかに理解した。彼は帽子をとると、親みをこめて言った。

「僕は家に帰ったら、この調子の狂った頭へ一発やるつもりなんです。僕は僕を軽蔑するよりかその方が楽なんです」

彼は方向をかえると、振り向くこともなしに雑草の上を下りて行く。何かしら不快な気持ちが胸先にこみあげて来た。彼は突然に起った内臓の激痛のなかで、口一杯にあふれ出る不消化のままの鰯とホオレン草と苦い液体を吐瀉しながら、雑木林の中ににぶく反響する（おおそれみお）と言う梟の声をきいて、いつまでも坂のなかほどの雑草の上に逆になっていた。

ムッシェルシャアレ珈琲店

1931年8月6日。総売上高78円55銭。原料費その他23円27銭。差引純益55円28銭よ。50と5円20と8銭。スゴイわ。午後10時50分。リンコは現金出納簿を記入している。彼女はシャアプペンシルを振り廻す。彼女のソプラノがテントの入口から静かな夜空に消えて行く。牧は水着の上に着たワイシャツの砂を払っている。彼の影がスタンドの向うのテントの上に大きな動物のように動く。50と5円28銭。確かだね。素敵だ。この調子でゆけばコルビュゼエ風のバンガロオ位い訳はない。青い海の見える林の中がいいね。僕の趣味にすると、鵞鳥を飼いたい。それを貝殻の門の側に飼うんだ。白いペンキ塗りの籠がいいね。鵞鳥は近頃の説に依ると番犬の代用するんだ。アメリカで流行っているんだって、勿論その鵞鳥を飼うことさ。鵞鳥だなんて私は嫌いよ。あんなヒステリイみたいな鳥。朝の郵便屋さんから鳴き出されて御覧なさい。私スプーンを持ったまま駈け出さなければならなじゃないの。

大人しくて愛情が深くてペリカンの方がよっぽどいいわ。本統よ。ペリカンだって？　あんなだぶだぶした袋、あんな財布は僕達の生活には不必要だよ。それにあいつは実に食べるんだぜ。そんなに笑うんなら、ペリカンが落第ならば、蜂雀はどう？　蜂雀ならいいでしょ。あれはちょっぴりしか食べないわよ。お嫌い？　あの鳥は蜜しきゃ吸わないんだよ。蜜はどうするんだね？　それは訳ないわ。私の口から吸えばいいわ。おやおやそれじゃお前は薔薇っていうわけだね。おやおやそれでは恋人がお前にふたり出来るわけだ。彼は片手で彼女の籐椅子を揺する。揺すりながら、テエブルの上の帳簿を取り上げる。大切な本のように。テントの外に砂を踏む音はもう聞えない。遠いウォルツ。満潮の海。あら、これで何回目か覚えていらしって。7へんもよ。∞ぺんだよ。7へんよ！　じゃこれで、これで∞ぺんになるんだ。彼らは暗いセットから出て、青い砂の上を踏んで行く。すると松虫の声がいっせいに彼らを取り巻いた。松の幹を透して向うに黒い帯のように海がみえる。お前の手は熱いね。

★

彼らは松林を出る。空はよく晴れている。カシオピヤがはっきり出ている。海に平行して歩みながら、彼らは口笛を合せて行く。昨夜あの辺に夜光虫が出たが、今夜は出ていないようだ。青光りする波、光らない波。黒い。蒸し暑い黒さ。午後二時二分。彼は腕時計を見る。時計の針のような昆虫。夜光虫。55円28銭なんてとても素敵だわ。今夜はもう内海航路の汽笛は鳴ってしまったかしら。砂が湿っているわ。私素足《はだし》で歩いてみようかしら。あ、星が飛んでよ。海が静かね。彼らは口笛を吹いて行く。あらそこんところはこうよ。え？そこんところは上るんだわ。こうかね。ああら滑稽、こうよ。ふん、そんな鈍感な歌い方ならまっぴらだ。まるで不良みたいだぜ。いいわよ、楽譜にはそうなってるんですから。つまり楽譜ではこうだと云うんだろう。それじゃ、こうなの？　馬鹿だな、そうじゃないんだよ。じゃこうなの、とても敏感な歌いだこと。驚いたわ。ちぇ、もう知らないよ。デュエットはお断りだ。僕の方がいいから勝手に歌うよ。いいわ、私だって勝手に歌うから。乱れた口笛。ネバネバした舌。口笛が止む。急に波の音が近くなった。影のない脱衣場が影のように立っている。馬の尾のように垂れた旗。旗の向うに脱衣場が睡っている。彼は掲示板を見る。何か文字が書いてあるのだが、暗さが見せない。太古の文字のように。忘れられたシャベルが貝殻のように白い。突然彼は後頭部に激痛を感じた。彼は慌しい靴音とリンコの鋭い叫び声を意識しながら、次第に不明瞭になって行く。全身の血液が胸の方へ下がる。彼は海底のような傾斜に沿うて滑って行く。滑走。転覆。海草のようによじれながら、彼の鼻腔から白い砂が流出する。酸素吸入器のぼこぼこという音。白い砂は流出して、彼の頭蓋骨を次第に砂時計のように空洞にする、今度は反対に、水が鼻腔に入ってくる。頭蓋骨は大きくなり、重くなり、ふわふわと浮んでゆく。汽笛の音はもう聞えない。しかしスクリュウの音が彼の方に近づいて来る。非常に滑らかな海綿。彼はそれに彼のペンを擦りつける。彼の手は何か温い弾力に反撥する痛みのなかに挟っている。彼はそこから逃げだそうとあせりながら、彼女の声を聞いた。同時に彼は珈琲店の内部を見た。スタンドの上に積み重ねた皿。折れているストロー。箱の中にぎっしり詰め込まれてある角砂糖。テントの外に当る風の音。彼は顔にかかった仮面のようなものを取ろうとした。指の間に冷たい砂が触れた。珈琲店ではない位置感覚。苦痛を伴いながら牧は上半身を動かして、静かに彼女を見つめる。それが彼女の顔であることを意識することなしに。彼女の声のする方向を向いて。

★

随分ひどい人ね。もうお頭は痛まない？　大丈夫なの。本統に吃驚したわ。僕がやられるのをお前は知ってたのだろう。まだ疑ってるのね。人違いだってことがおかしいの。どうも怪しい。リンコは白を切ってるのだ。計画的に僕を陥し入れたのだ。まだ何処かでその男が僕を見ているかもしれないぞ。人違いなら僕が気がついてよくなるまで残っていたっていい筈だ。第一、逃げて了うのがおかしいじゃないか。だから私はさっきから、あんなに説明したのにどうしても駄目なら私もう黙って居てよ。僕の頭を殴ったその男。彼は誰だろう。リンコはその男を知っているに違いない。僕の珈琲店に出入する男。誰だろう。白樺のステッキを小脇にかかえてくる男。眼鏡をかけた頤の長い男。いつもアイスクリイムソオダを註文してテエブルにぐずぐずしている奴だ。あいつの眼はいつもリンコから離れない、あいつの眼はリンコの顔を撫で廻し、胸を撫で廻し、脚まで撫で廻している。蛇のような眼をもった、あいつは僕よりも痩せていて弱そうだ。だからあいつなら暗み打ちをやり兼ねない。しかしリンコの好きそうなのはあいつじゃないことは確だ。あいつでなくて髪の毛を長くして、それをいつも耳の後に挟んでいるアラモオドの男だ。海水着の上にピジャマ*みたいな服をつけてくる男。あいつは今日もテエブルの上に珈琲で何か描いてリンコを笑わせていた。あいつは淡白にみえて存外陰険なのかも知れない。しかし画家だというあの男の手は僕を倒すことなど到底出来そうもない。あの貧弱な体格では。してみるといつもレコオドの番組を註文するもみ揚の長い丈の高い男。あの男はしかし砂浜を鼻の高い恋人とよく歩いているんだから違うな。だとするとあのいつも濡れたまま黒い水泳着で這入ってくるフットボオルの選手のようにでっぷり肥えた男かもしれないぞ。あの男は飲料専門という顔をしていて、あまりリンコを気にしないけれども、案外リンコをとても好きなのかもしれない。だがそれにしてもあの男が僕を暗み打ちにする理由は薄弱だ。黙ってしまったのね。そんなにどんどん歩いても大丈夫なの。怒っているんでしょう?　その男はどんな男だったんだね。僕を撲った男は？　場合によっては僕はその男に会う必要があるんだ。その男は僕達の珈琲店に一ぺんも来たことないと断言出来るか？　だからさっき言ったでしょ。暗くてよく解らなかったけれど、背はあんまり高くないの。私達の見かけないような男だったわ。知らない。知らない筈がないのだ。本統に知らないのなら、人違いなら僕は助かるんだけれど、そんなことを云って、リンコはごまかしているのだ。僕はきっと見て知っている若い男に違いない。リンコとその男はもうずっと以前から……いやそれにしても僕はどれ位いの間気絶していたのだろうか？　その間リンコが絶対に安全だったと断言できるだろうか？　よしそれが僕が知らない、リンコも知らない男だったとしても、海岸にいる不良青年の行為。あの間汽笛のような音を聞いたような気もする。僕は目かくしされたようなものだ。僕には何も見えなかったのだ。しかし僕が気がついた時、リンコは懸命に僕を介抱していた。僕がじきに気がついたのだとすれば、リンコの云うことは正しいかも知れない。僕は何も取られてはいない。リンコも何も取られた形跡がない。リンコは僕の女だ。彼女から何も盗まれてならない。彼女は僕に何も隠したことはなかった。何も隠すことは出来ない。リンコの黒い瞳は僕のものだ。リンコの真直ぐな鼻は僕のものだ。リンコのものは僕のもの以外のものではない。その男はお前に何もしなかったんだね。知らないわそんなこと。随分な人ね。侮辱だわ。侮辱、それにちがいない。併しどちらが。彼は口笛を吹き始める。自分の考えに反抗するように。後頭部の鈍痛。海と空が遠い水平線で接している。深夜の波の音がする。彼の眼には黒い波が顫えているように見える。それは何故顫えるのか？　地軸の方向と反対に、音楽的な潮。それを持ち上げたり、それを倒したり、それを刻々に新しく創り直したりしながら。彼の体の揺れ。重い歩調。戸を閉めた海岸街が彼らの足音をききつける。リンコは疲れている。彼女の赤い眼に沁みる灯。ホテルの高い窓に、灯が一つ消え残っている。空間に掃くような星。この八月の一夜。

★

　午前2時2分。ムッシェルシャアレ珈琲店が開く。白いテントの頂きに緑色の三角旗がひるがえる。Muschelschale（貝殻）の青いスペリングが白い布地から消えかかってゆく。ポオタブルが廻転しはじめる。レコオドの上に蠅が一匹。珈琲沸器の円筒に入口から砂が強い反射を投げている。円筒の蔭から牧の裸の手がスタンドの上に現われる。そうらね。あそこのところは私の言った通りでしょう。彼女は入口の椅子に坐っている。海を見ながら話しかける。微風がワンピイスの水玉をそよがせる。スカアルの競漕は最《も》う始ったかい。たいへんなのよ、ええ、とっても騒いでいるわ。赤が先頭よ。ね、ちょっとここに来て見て御覧なさい。彼の上半身が角砂糖挟みを持ってスタンドの蔭から珈琲沸器の円筒に湾曲する。K大学だね。あらいらっしゃいまし。お客様よ。スカアルの競漕にいらっしゃいませんの？　ああ、とても喉が干いてたまらないんだよ。レモンソオダ水を呉れないか。あら違ってよ、レモンソオダ水とおっしゃったのよ、そうでございましょう。いいです。赤いんでもいいです。この太っちょのフットボオルじゃなかったんかな。あの男は僕の方を見て笑っている。やっぱりあの男じゃなかった。まあ奥様しばらくですこと。坊ちゃまは何にいたしましょうか。はいかしこまりました。アイスクリイムお一つ。ストロオベリイソオダ水三つ。アイスコオヒイお一つ。すみません。アイスクリイムが未だ出来ないんですが。あら、ストロオベリイソオダ水が四つよ。アイスコオヒイがお一つよ。今日はどうかしてらっしゃるんじゃない？　然しリンコが今日と限ってそれを気にするのは怪しいぞ。ドン・ホセが廻転している。波の音が近くなる。風の方向が変ったのだ。まあおかしい。それ水よ！　本統に今日はあなた変よ。あ！　しまった。笑ってる奴があるか。馬鹿だな。だっておかしかったら笑ってもいいでしょ。昨夜お前の言ったことは皆本統だったのね。何のこと？　いつまで疑っていらっしゃるのよ、それですっかり解ったわ。何がすっかり解ったんだ。僕は何もかも解らないんだ。そじゃないのよ。ソオダ水を間違えたり、珈琲沸器に水を注いだりなすったことよ。最ういいよ。解ったよ。何が最ういいっておっしゃるのよ。何が解ったの？　僕達がこの海岸へ来て商売を始めたのは、何のためだったのか知ってるだろう。お金持ちになることよりか。

此の夏を海岸で愉快に生活したかったのだ。オゾンを吸って、でしょう。こんなことのために憂鬱になる位いなら来るんじゃなかった。止そう！　最うそんな話は。ええ、本統に止してね。何でもなかったのよ。まあこのパンは未だ温いわ。ああお腹が空いちゃった。トオストを造らないのかね。スタンドの蔭でパンを焼く匂いがする。蟬が協和音を造っている。それは彼らのテントの上だった。海岸から喚声が響いて来る。彼女はバタアナイフを持って入口から引返して来る。赤い旗が上ってよ。K大学の勝ね。彼らはトオストにバタを塗って、角のところから平和に食べ始める。午前12時3分。

The End

＊阪本越郎との共作

人間生活の覚書

à M. Yuwasa

秋の夕暮の、賑やかな一時間が終ると、銀行街は、華麗な星の下に、音響もなく、神話のように沈んでいった。私たちはコリント風の、荘麗な円柱の下で、素晴しいタクシイをひろった。

セセッション風の街灯が、傾きながら頬をかすめた。黄金色の断片を飾ったプラタナスが、ヘッドライトの中で、突き刺された踊子のようにくるくると回転した。

「あなたも、わたくしも、とうとうここまで、ゆき着いて、しまいましたのですわね」

「何が？」彼女の全身が撒き散らす、石竹草のエエテルの中で〈恋人の顔ほどに眼近に視る顔はない〉という言葉を、思い出した。彼女の水滴型の水晶の耳環《リング》が、二十世紀の断末魔のように、空間に顫えた。

「何がです？　この車は舞踏室に向って走っているのですよ。トロンボオン。シムバルス。カスタネット。ハワイヤン・ジャズバンド。タングステン電球。難破した化粧室。リグレエ式チウインガム。アマゾン型の十七歳。華麗なモロッコ・タンゴダンス。……」

「いけませんわ。いらしてはいけません。ね、いっちゃいや。それよりか今夜は、アアルの果実店《フルツ・パアラア》に参りましょう。タレエラン風の華麗な衣裳をした、美しい楽師たちの静かな音楽《ロマンス》を聴きに行きましょう。音楽というものは私たちの気分に美しい調和をあたえ、私たちの物語りを一層おもひ出ふかいものとする為のほかに、価値はございませんわ。私たちは其処で私たちの生涯のうちでいちばんに美しい、貴い、そしていちばんに優しい想い出をもつことになるわ。美しい、夢のような。あなたは今夜からは私の大切な美しいプランス*なの、私はあなたにそれや珍しい飲み物を教えてさしあげることが出来ましてよ」

「いいや。僕は行かない。今夜の僕は、そういうあなたのオリエンタルな、控え目がちな気質がじれったいですよ。ごめんなさい。僕はあなたの尊い、何物にもかえがたい影の実体が何であるかもよく、知っているんです。だが今夜の僕は、僕たちの愛が、強烈な空気の中で、どれだけの活動力を持つかを、知っておきたいのです。幕は未だ上らない。観客は待ちくたびれている。あなたは僕の腕の中で、じっとこうして眼をつぶっていさえすればよいのです。僕は昇降機《リフト》には乗らないで、あなたを五階のホオルにまで抱いていってさしあげますよ。今夜は何て美しい空の晩だろう。あなたはきっと、天国の一片の白い雲のように軽いに相違ない。僕たちは踊りながら聡明な、明るい現実主義《レアレスム》の物語りをしたいのです」

「まあ、厭なかた。私の優しいセニオオルのあなたは何処にいらしてしまったのかしら。今夜のあなたは、私のあなたでは、ございませんわ」

「だが。最《も》っと明るい。最っと優しいセニオオルがここにいますよ」

「そんなセニオオルなんか、車から落ちて何処かへなくなっていらして丁戴」

「お言葉に従いまして、この車はおろか、この橋の上から水の中におっこちて、なくなってしまってさしあげたいですが、遺憾ながら、今度だけは赦して戴きたいですね。そうでないと、さあいま直ぐといって、あなたを五階のダンス・ホオルにまで抱いていってさしあげるような、優しい、親切な、セニオオルが、十銭の銀貨を渡すと〈はい、お待ち遠さま〉と言って渡して呉れる、何か、ちょっとした、そんなもののように、何処にでも積み重なっていようとは、とても考えられないですからね」

「わたくし、この車をいま、とめてあなたにみせてさしあげましてよ」

「よろしい。やりたまえ。悪漢に襲われた婦人のように、あなたが大きな声をあげて、ペイブメントの群集の、物見だかい視線をいやが上にも蒐めるという不嗜《ふたしなみ》なことをしでかさないかぎり、この車はビルディングの入口に着かなければ止まらないですよ」

「意地わる。憎らしいわ」

「素敵。すてき。僕があなたに、たったひとつ残念なことは、あなたが憤っていらっしゃる時いじょうの可愛らしい、シャルマントな、美しいあなたを知っていないことですよ。おこりたまえ。猛烈に、ある日のクレオパトラのように。自動車は決して止まらない。僕はあなたの、その緊張した瞬間を、とてもたまらなく好きなんだ」

「おぼえていらっしゃいまし。あなたが、いまおっしゃっていらっしゃることが、どんな事なのかを、あとできっと教えてさしあげましてよ」

「目標は眼の前に近づいた。あなたの美しい眼が、誰よりもあなたを裏切って、そら笑っていますよ。今夜は、きっとお転婆になりそうで仕方がないわ。と言っているじゃ、ありませんか」

一九三〇年型のキャブリオレットが、菫色のヘッド・ライトの先端で、ペイブメントの群集を、さっと薙ぎ倒した。コルビュゼエ風のスカイスクレエパアが崩れるようにマッスを変えて自動車の警笛を威嚇した。

《omitted*》

頬の日曜日

「言って御覧なさいよ。あなたはどんなビジネスを持っているのかをさ」

すると彼女はいつも答えるのだ。

「あなたは最う私を退屈になって？」

＊

「熱い砂漠に行ってすっかり落ちつくまで、じっと其処にいたい」

「なあぜ？」

「そういう質問は無意味です。これは僕の詩に過ぎないんだから」

＊

仕事なんかありません。そしてすべてがまた仕事なのです。

僕はRをケイベツしています。彼女が時に冷淡な女に見えるからです。

「僕はね。煙草ひとつ飲めないような、そんな平凡な女はきらいですよ」

「そう？　でも私は煙草を喫うと、いやなことがたったひとつあるんだもの。でなかったら、私の指はとっくの昔に赫土色になっていたわ」

そう言って、僕の指を非難するからです。

＊

夜のプラタナスが夏を吹きあげている――青いろのシァンパン酒のように。

＊

グルノオブルは恋の街である。

＊

「あなたと僕の――そうでしょう？　僕とあなたとの恋も、随分とながく続いた」

「三週間もよ」

「そしてこれから先いつまで続くかわからない。悲劇のようにね」

「だんだん流行からは見はなされながら――でしょう」

「よそうじゃありませんか。おたがいに責任を持ちあう事をさ。自由になろうじゃありませんか。おたがいにすべてが自由になる。心臓のぐるりがネオン・サインのようにまた燦きはじめる。そこでは希望と不安とがいり混り、絶望と不意の幸運が隣りあって坐っている。それはあなたと僕とがまたもとの独立した世界にはいって行くことです。人がひとつの世界を半分ずつ呼吸しあって生きているなんて賤しいことですよ」

「そうなのよ」

「じゃ僕の考えに異議はないわけですね。ではさようなら。僕はこちらへ歩いてゆくんです」

「さようなら」

そう言って私とは分かれてしまった。

＊

僕は夏の白昼の街を好いている。燃えたつような白昼の白いスカイスクレエパアを愛している。僕は夏の女の皮膚の上の、菫色の影が石竹の香いをしていたと、憶い出した事がある。僕は永い間をそこに、後の移民地《コロニイ》を発見していた。移民地の白いテラスと白い椅子と、雲形に切り離された追憶の追憶とを。それはオフィスの窓からも眺める事が出来る程の淡いものではあったが。

＊

「あなたね？」

彼女は電話をかけます。彼女はこれだけの言葉のなかに、すべての憐れさと不服と、非難とを表すのだ。気の遠くなるような軽いRの声が僕にとって絶望的な武器の役目を果していた。

「こんにちは」

「ひどいわ」

そして無情さのなかに、どれだけの優しさを表すことが出来るかを研究するために、夕暮れの三分間が過ぎてしまう。恋人とは何ぞや？

＊

「僕らは」とクロオド・アネエは言う。「吾々は恋人を撰ぶのではない。天から降って来るのだ。するとある人はつけ加えて言うであろう——煉瓦のようにと」

＊

「噫、なぜあなたはそんなに冷淡になさるの」

「僕は男のする理由のわからない冷淡な仕打ちに対しては女は反逆するか憧れてしまうより他にどうする術も知らないものだとは、思わない。ただ、僕のしかたが冷淡に見えたとしたら、それはきっと神々から嫉妬されるかもしれないのを怖れていたんですよ」

いかに現実と夢とがまじりすぎている事だ。

＊

僕はまた街で手紙を書くのを好きだ。午後六時すぎの、落ちつかない、変によそよそしいパアラアの空気のなかで（然しそこだけが僕の孤独を支える処でもあるのだが）そそくさと切れぎれに、意識と半意識とが、誠実と虚偽とが、無意識と無意識との対立を縫って僕のペンが僕のすべてを支配するのを感じながら、またそれに執われないでいる気紛れな投げ遣りな僕は誰なのか。

＊

また再び夜が来る。あるいは飾り窓がまた再び内臓の秩序を表わした。経済学の上に栄光あれ。

＊

La vie est bien aimable.

＊

Pourquoi suis-je si belle ?

＊

僕はまた手を上げる為めに僕の手が上がる。私はいかに美しくあるか。すべての壮厳と偉大を越えて私はいかに美しくあるか。あるいはいかに。またあるいはまた。

*

35296428888297579627 9…………………私はいかに優しくあるか。

*

66 99 33 66 99 33 66………私はいかに愛しているか!

＊La vie.../ Pourquoi...　いずれも北園が一部を翻訳出版したポール・エリュアールの詩集『苦悩の首都』（１９２６年）の一節。「人生は愉しい」「なにゆえ私はかくも美しいか？」

種子と球根

★

雨が降り出したのは朝の六時でした。そして九時にはすっかり晴れていたのです。小栗は十時に眠りから醒めて十一時三十分には第五階の自分の室の肘椅子に居たのです。白いデスクを前にして窓の中の遠い森と丘と丘を繞《めぐ》る林を眺めているのです。彼は白いデスクの上に夥しい書物を見るでしょう。太陽が彼の靴の上に波形の模様を作って寝台の上の「黒の魔術」のところまでオランジ色に浸している。〔君はロオソクの光りを好むか〕〔何て言ったね?〕〔君はエマを愛したか〕〔僕は彼女を愛しない〕　彼の正方形の室は造りつけの寝台とイギリス製の古風な長椅子と白いテエブル。いくつかの小さな椅子と蔦のティ・テエブル。ポオタブルが長椅子の上に開いたままになっていた。〔君はマドモアゼル・エマとマダム・

シナと何れをより多く理解するか〕〔何て言ったね？〕〔午前十二時。〕〔あと一時間〕〔え？〕〔君はロオソクの光りを常に好むか〕〔然り。時々は〕〔君はピアノを非常に欲しいと思うか〕〔僕はそうでもない。僕はエマの実際的な性質が厭いだ〕〔しかし君はマダム・シナの性質が実際的でないのを恨む。と言ったではないか〕〔僕は醜い。僕は僕の無気力を醜いと思う〕〔君はスノッブになる可くそう言ったのであるのか〕〔君は僕にダンディを強いているのだ〕〔むしろダンディを撰べ〕〔君はエマを美しいが故に拒むのであるか〕〔マダム・シナは美しくはないか？〕〔それはラファエルとグレコとを対象するようなものだ〕〔僕はボッティチェリイを好む〕〔ドビュシイをききたくはないか〕〔いや止そう〕〔珈琲はいづれ沸く〕　午前十二時四十分。〔あと二十分の会話をなせ〕〔僕はマダム・シナの実際的でなきを恨む〕〔彼女の細い唇は実際的でないか〕〔彼女の歯は完全だ〕〔こうした実験は結極いやになるのでないか〕〔しかり極めて厭なり〕　彼は蔦のティ・テエブルの上の書物を開いた。しかし彼は記憶の深い反響をきいているに過ぎないのです。窓の中の風景はやはり遠距離の森と丘と丘を繞る林ですが、風が寒々と吹いているのでしょう。そんなに白い雲の影が折々窓をはっと暗くしたりするのです。そのたびに窓がまばたきをするように灰色の静寂が彼の室内を通過するのでした。影は厳しい透明さなのです。水晶よりもなお厳しい透明さでもあるのです。彼はセガンチニイ*を怖れるのは全くその厳しい透明さであった。彼には硝子が怖しかったのです。

彼は「鏡の中の無限の空虚」と言う一行を彼の詩に書いた。彼にとってインクは海の威力と月夜の魅力とを持っていた。彼はインクに向って永い時をじっとしていた。一日をそうして暮すことは彼には望ましい平凡な出来事なのでした。〔君はマダム・シナについて語ることを恐れるね?〕〔僕は今マダム・シナについて考えているのだ〕〔言ってみたまえ〕〔彼女は尠くともマダム・サバティエではないと〕〔君はゴオチエを憎むか〕〔ゴオチエのなしたサバティ夫人への非難は僕を寂しくする〕〔ゴオチエは間違っているのであるか〕〔僕はゴオチエの良心さが寂しいと言ったのだ〕〔マダム・シナのすべてを望むか〕〔僕はそれを怖れる〕〔マドモアゼル・エマのすべてを望むか〕〔彼女はすべてを持たない〕〔君は曖昧だ〕彼は外套を着て街に行くのです。十一月の街は美しかった。彼はウィンタア・セエル華やかな街を硝子ごしに見つつ熱いオランゼエドを飲むのでした。彼は冬の婦人を見るのが堪らなく好きなのです。「結婚したまえ。冬の日に。冬は婦人のいちばん清潔な季節だから」と彼は友達に書いた。風が街路樹のそらを銃弾のように鳴ってゆくのです。〔あなたのマフラアは寒むそうね〕と、マダム・シナは黄金の茨に縁取られて秋の湖水のように見える土耳古玉の指輪を見せて硝子のように透明な指に珈琲皿を支えて、誰にともなく言うのです。〔僕は貴女の手袋のような色のマフラアを買ってみましょうか?〕〔そうなさいな、でもこの手袋の色気ね。もう厭きあきしてるのよ〕〔また貴女は僕に嘘をおっしゃるのでしょう〕〔いいわ。お馬鹿さんね」「貴女の御宅はまるで真四角でおかしいですよ」「うちのデュッセンバアグの事おっしゃって御覧なさい」「あれは素晴しい」「有難うさま。そうでもないわ」 彼は腕時計の弾条を静かに巻きながら侘しい容貌になるのです。「マドモアゼル・エマに御逢いになりましたか」「昨日の午後に」 しかしマドモアゼル・エマは彼と昨日の午後にドライブを仕たのである。平均速力三十五哩。彼はマダムの不思議な衝動に耐えなければならぬと決心する。でなければマダムの罠は彼にすべての告白を追求するのだろうから。「そして?」「ピアノで遊んだわ。どう?」「いいえ。僕はエマのピアノは貴女にとても及ばないのをよく知っていますよ」 彼女は彼に退屈なプロフィルを見せてミス・ブランシュを冷淡に喫うのです。「僕は柚木が昨日の午後、二時頃街を歩いているのを見ましたよ」「え?それは嘘」「柚木は素敵なステッキを買いましたよ」「あんな柚木」 彼の罠は見事に彼女を破壊する。彼は「怖ろしき子達」の一節を意味もなく想い出します。Le mécanisme qui avait conduit Gérard de Paul à Elisabeth, conduisit Agathe d'Elisabeth à Paul. 「君はマドモアゼル・エマを愛したか」「僕はロオソクの光りを愛した。ときどきは寧ろ暗黒の部屋を」「マドモアゼル・エマは昨日車のなかで何を話したか」「貝殻虫駆除法に就て」「君は疲れたのであるか」「僕は僕の新しい詩集に書く銘句を思いついている」「何て書くね?」「Misers of sound and syllable, no less than Midas of his coinage.*」「君はマドモアゼル・エマに不満を持つか」「ノン」「君は彼女のすべてに満足するか」〔オ・ノン〕〔昨日彼女が君の欲した Un souvenir de Leonard de Vinci * を君に贈りし事に就いて君は如何なる感情を持つか〕〔僕は持たない〕〔何て言ったね?〕〔インクよりも更に重量ある海水を〕〔君は疲労せり〕〔僕は全く疲労した〕〔じゃ休もう〕 突然にベルが額を破って響くのです。そして彼はマダム・シナの肩越しに燦然となった街を見るのでした。〔どうなすって?〕〔街を見ていたのです。綺麗な〕〔それは嘘よ。〕〔あの飾り窓の衣裳人形は本当に綺麗です〕〔? どこに?〕〔最う往って了いましたよ〕〔嘘つきね〕 風が街路樹の空を鳴ってゆくのでした。

★

また美しい冬の日の午後三時が来る。彼は温い彼の室で気紛れに廻っているレコードの光沢を見ているのです。〔プティ・ゴルフに行かないかね?〕 柚木は林檎を皮ごと喰べる理想を持っている。朗らかな音を立てて柚木の手の林檎が破壊するのです。彼は喰べ乍ら口笛を吹く事ができない男なのです。〔プティ・ゴルフに行き給え僕と〕〔僕は行きたくないね。金もない〕〔金のことは言うな。行かないね?どうあっても〕〔うるさい。スティン・ソング*でもかけてごらん〕〔よし。スティン・ソング〕 柚木は白いテエブルの上に林檎のカケラを投げ出すと、いきなりポオタブルに飛びかかるのです。口笛に合せてティ・テエブルの細い脚を蹴っとばすのでした。そして彼は柚木の脚についてこの秋のダンスホオルのア・ラ・モオドを秘かに知るのです。柚木は不意に話しかける習慣を持っているのです。〔菅原のところでマダム・シナに会った。今朝〕〔マダム・シナは朝霧のような処があるだろう?〕〔彼女は不健康だよ。クロロホルムの香いがする〕〔彼女は白い粉の沈静剤を帯に夾んでいるのだよ〕〔僕はカトリック教徒になろうかと思った〕〔最う少しマダムの事を話し給え〕〔老眼鏡を掛けて小説を読む事をかい?〕〔知ってるよ!あの女のシャトオブリアン教もあきれたものだ〕〔君がフランス語なんか教えるからだ。馬鹿くさいよ〕〔退屈だと言えよ〕　柚木が長椅子にひっくりかえっているので彼はテエブルの上に頬をよせて窓に向って煙草を喫うのでした。窓の際の花瓶とすれすれに美しい層雲が動いているのです。〔君はマダム・シナと柚木に就いてより詳しく理解することを欲するか〕〔僕は彼らの肉体を軽蔑しない〕〔君のその確信は永久的であろうか〕〔恐らく永久に?〕〔君は嫉妬を持つか〕〔下らない〕〔それは君とマドモアゼル・エマとの冒険に対する柚木への解釈に過ぎないであろう〕〔僕はマダム・シナのゲラントリィ*を愛する〕〔ピアノは何を撰ぶか〕〔寧ろサクソホオンを欲する〕〔時計は?〕〔六時を欲す〕〔君は「怖ろしき子達」を何と理解するか〕〔レエモン・ラジゲとジャン・デボルトの新聞記事的結合に過ぎざるべし〕〔君はかつてコクトオを愛すると言えり〕〔しかり。しかし今は興味なし。寸毫もなし〕〔君は蜜柑と硝子について今少し会話せざるか?〕〔最う厭なり」　彼はやがてパイプを持って無気力に立ち上るのです。いま遠い距離をもって猟銃がひびきました。彼と柚木とはこうして永久に静寂の中にあるかのように。しかしそれは精神の底辺が頂頂と更代したに過ぎないのですが。彼の置時計の長針は漸く午後六時に到着するのです。

★

美しい街の午後六時三十分。クウペの軟らかなクッサン＊にマドモアゼル・エマは毛皮の中に純白な頬を花弁のように浮かばせて坐っているのです。彼女は豆ランプの王国の中に翡翠の耳環を砕きながら、その橙色の豆ランプがまた小さな光りのパラソルのようにも外からは見えるのでした。すでに甲虫の大移住は全世界の街に始っていたのです。マドモアゼル・エマのチャンドラアはテエルライトで赤い抛物線を描きつつ進んでいるのですが、彼女は両側のドアが光りの翅をもった透明な蝶のように羽ばたくのを冷静に見てゆけばそれでいいのでした。「随分と待って？」「すると彼は、ちょっと時計を視るのよ。見なくともいいものを、それから言うのね？」「何て言うかな」「ああ、そうでもないさ。そう言いそうね。興味のなさそうな顔をしてあれは悪い癖よ」「心のなかではその実ホッとしてるのよ。ゲラントリィがないのかしら」「セカンド・ゼネレエションの特色は、聡明な奴も馬鹿者もゲラントリィを持っているんです。この混トンについては安全剃刀もその罪の一端を負う可きだが？　要するに賢者も馬鹿者もそのグラントリィの量に於いて同一の水準に来て了ったのだ。僕らには最う賢者と愚者の区別がつかなくなったんです。文明の理想ってこんなのでしょうね。それっきりさ。それっきり？　最うお終いなの。そうですよ。しかし怪からん事なのだが僕は賢者と愚者がやっぱりこの世に存在していて欲しいのです。それでグランの活動する二つの系統を仮定して、通俗的に言えば最初にグランだが次第にそうで無くなるのと、全くその逆の経路を持つのとに分類してみたんです。それでどちらが愚者なの？　残念なことにそれは僕にもよく解からないんですよ。曖昧ね。僕は大いに曖昧ですよ。いいわ。あたしが愚者よ、そう想って置くから。ボンボンは最うないの？」　僕らに考える事が最うなくなったら、それに越した倖はないのでした。そして僕らに愛するという欠陥がなかったら力学は最っと進歩していたのに違いないのです。柚木はペイヴメントに立って群集といっしょに「ラブ・パレエド」を暗唱しているのです。さっきマドモアゼル・エマのクウペが、向側の車道を過ぎ去った事には関係なしに、彼は空腹になって来るのです。マダム・シナは菅原の書斎に向いあって熱いココアを吸っているのです。ルイ十四世風のブリッジ・ランプが彼らの上に橙色のパラソルを開いていた。午後六時三十分。夜の硝子を透してみる海は一匹の蝙蝠を想わせるのです。植民地の温和な回想もなく際限のない過去のように暗いのです。樫の葉が見ることの出来ない空の方で静かにざわめいているのでした。冬の夜の庭は彼には思いがけない重荷なのです。〔庭を御覧になると憂鬱になりますよ。御好きなら仕方がありませんけれど、夏から手入れが仕てないのです。薄が枯れたままにしてあるのです。それに今になってみると、あれを刈ってしまうのが不自然な気がして、人間てどうしてこう変化を厭うのでしょうね。きっと感じが違ってしまいますよ。あなたが他の変った指環をおさしになると。指環については僕の力では何う仕様もないのだから諦めてしまいますがね。もっと砂糖を御入れになっては如何です。冬のピアノってお厭ですか。つまらないピアノですが「風琴弾きが街にやって来た」というのを御存知でしょう？ あなたには笑われても僕はどちらかと言うとシャントが好きなのです〕 手いれのよく行き届いた家具を見る事は、心から愛せられている婦人を見るように美しいのです。和やかな橙色の光りに照らされて、すべての調度がパレルモやサラセンの廃れた寺院で旅人たちが突然に遭遇するような神聖な優しい影を投げあっているのでした。錆びた鍵で靭や窖《あなぐら》を開ける探検家のように、彼女は感動的な眼差で、唐草模様に縁取られた青い鵞絨の肘椅子から物珍らし気に夜とランプとの意外な調和を覗いてみるのです。そして陶器のパイプセットに立て掛けてある幾本かの彼のパイプすら何か深い曰くがあるようにさえ見えて来るのです。〔こうした生活が〕と彼はピアノに向ったまま不意に話しかけるのです。〔どんなに単調なものだか御解りになるでしょう。若さや、軽妙さなんぞ薬にしたくもない。ここでは時すら僕が二十七歳の春に進むことを断念したままに古ぼけてしまったのです。僕は突然に死が僕の身体の上にやって来るのを待っているのです。尠くとも、死か絶大な愛か。しかしこれも言葉の上に過ぎないのかも知れないのですが。失礼しますよ。このパイプは昨日、銀座のある骨董店で見つけて来たのです。和蘭陀語で「生命の影」って書いてあるのです。大げさですね。あれは婆やがお盆か何か落したんです。あまり永く貴女を御引止めしていると思ったんでしょう」 クラナッハ*の「ドクトル・メラヒントの肖像」の上で、静かに十時を打った。遠い海の方でひくく果てしなく汽笛が答えるのです。

★

十二月のなかばを過ぎたひどい霜の朝。マドモアゼル・エマは口笛を吹いた。それがスキュウデリ嬢のように優しい威厳にみちた彼女のママンをいつも不気嫌にするのです。彼女はデスクに向って黄色いタブレットを開くのです。ペン軸の頭を噛み砕きながら。

あなたは知っていらっしゃるでしょう。柚木と私とが友達であったことを。そして優しく仕合っていたこともあなたは御存知でした。私たちの友情は、物語りの丘でする摘草のように純潔に私たちは小さな花を意味もなく蒐めていたのでした。一昨日、彼は私にそれらの花花を意外にも私に贈りたいって書いて来たのです。ちいさな花環が出来ましたって。僕はこの花環を貴女にお贈り仕てもいいでしょうか。かまわないでしょうか。と彼は書くのです。いいえ、言わないで頂戴。いけません。私は強く首を振りました。すると彼は、僕の行こうとする道がどんなに重苦しい絶望的なものであっても、僕は行くより他に仕方はないのですと言うのでした。貴方も御存知の通り彼は優しい青年でした。私の心は、今では強い風の中の一本の蘆に過ぎなくなってしまいました。ああ、はやく私を救いにいらして下さいまし。私たちは未だ最初のベゼ*も赦しあってはいないのですけれど。私の足下が俄かに壊れてゆきそうになりました。

★

家家の屋根が、シャワアを浴びたアスファルトのように濡れて、朝の水蒸気の中に輝いているのでした。彼女は宛名を書くと、それをスタンドの下に敷いて、ママンの部屋にお早ようをする為に降りてゆくのです。彼女は太陽の光りのなかでカナリヤが原子のようにブラウン運動をするのを見るでしょう。花瓶のなかの、新鮮なスウィトピイを見るのです。不安な哀しい心で彼女は朝の食卓に向うのです。ラジオの平凡な童話が際限もなく続いているのでした。

午前一時十一分。小栗は彼の白い室の中で眼を醒しているのです。暗黒な夜に彼は周囲をとり巻かれながら。しかし彼は忙しく書物や家具を片付けているのです。〔マダム・シナは既に君から去ったものと見る可きだ〕〔僕は信じられない〕〔しかし事実は認むべきだ〕〔この書物は菅原に返さなければいけない〕〔君がそれを持ってゆくのは良くないと思う〕〔無論、机の上にのせて置くのだ〕〔菅原は何か君に告白したか〕〔僕はきかない〕〔マダム・シナは？〕〔彼女は僕が誤って珈琲皿を割った時に、「可愛そうな小栗」と言った〕〔それが何かの証明になるとでも言うのであるか〕〔僕はアトモスフェアに対しての僕の敏感さを疑った事がない〕〔吾はマドモアゼル・エマに就て考えたのであるか〕〔僕は彼女を愛さない。僕にとって彼女は完全でない〕〔君はマダム・シナは実際的でないから不満だと言ったではないか〕〔然し今では彼女は完全でないとは言えない〕〔総てが明白とならないうちに君のす可き事を知っているのであるか〕〔僕の生活は五ケ月前に既に破壊していた〕〔それは如何なる根拠によって語られる言葉であるのか〕〔僕は此の三週間に衣服と書物と其他の総ての僕の脳髄の糧を血液の糧に代えて了った〕〔君は労働することを欲望しないか〕〔欲望しない。また僕の永い生活の習慣がそれを不可能にしたと認める〕〔君は生きる悦びを完全に持たぬと断言できるか〕〔僕は断言する。むしろ生は苦痛である。僕は機会を待っていたのだ〕〔今は必然のまた定刻の機会であるか〕〔僕はそれを確信する。彼らの告白の以前に、そして決して彼らの結果でなく。僕は平凡に、外面的には無意味に、なかば過失として、ストイックの最後の気紛れを完成させることにする」「今夜の干潮の機会にか」「ノン、今夜の干潮の然し気紛れの機会に於てだ」しかし山茶花の散るまでに彼は予《かね》て買って来た山茶花を三つの花瓶に挿すのです。午前三時十三分。彼は置時計と腕時計の時刻を合せて、白いデスクに並べ、カレンダアを裂いて電気を消した。

★

その日の午前十一時に菅原が彼を訪ねた時には、彼はベッドから左の腕をたれて冷くなっているのでした。マドモアゼル・エマの黄色い封筒が一つ郵便受けのなかに落ちていました。遺書も日記も見あたらないのです。むろん彼の死の理由に就て誰一人自信をもって話す者はないのでした。ただ小栗の肉体が突然にそして永久に動かなくなったことと、やがて物質の法則の下に腐敗するだろうこと。これだけが事実だったのです。死はどこでも居るのです。生きることはたやすい。死ぬこともまた易いのです。しかし純粋に生きる事は純粋に死ぬことは大変むつかしいのかも知れないのです。原因の解らない突然の彼の死は彼のすべての友人達の爽やかな不服に充ちた涙にとりまかれて、彼は南国の美しい丘に冷淡に還っていたのです。一冊の詩集も残さずに。あるいは僕が、こんな風に不意に死ぬなら風流かも知れないと冗談に僕の友達に話して遣るのでした。すると持っていたサクソホオンを長椅子の上に投げ出して言うのです。〔君のお目出度いのに僕は呆れたね。馬鹿くさいよ!〕そして僕と彼とは彼の返答が滑稽だと言うのでカンだかい声で突然に笑い始めるのでした。

＊Misers of - キーツのソネット（1919年）の一節
＊Un souvenir de - フロイト著作『ダヴィンチの思い出』（1910年）

白の思想

Je sais qu'il est des yeux, des plus mélancoliques,
Qui ne recèlent point de secrets précieux.
C. Baudelaire

1

ある五月の静穏な夜。街はインキ瓶の中に沈んでいるのです。彼は顔をあげるのです。街は、インキの匂いに窒息しているのでした。彼は透明な空に電線の円形を見るでしょう。それは幾何学の秩序に似ているのです。そしてそれらの円形も亦、街の気分を形造る幾何学でもあるのでしょう。「線とは長さありて太さなきものなり」　けれども気分の幾何学には線の長さと共に線の太さが重要なのでした。そして気分の幾何学の世界もまたユウクリッド幾何学の他にロバチェフスキイ幾何学やボリアイ幾何学やミンコフスキの幾何学が必要なのでした。橋本は光りのなかに沸騰するプラタナスの葉を見たのです。アスファルトの運河の流れない水面のリボンを一台のセダンが曳きずってゆくのです。チカコはハンド・バッグをスカアトの上に乗せて一脚の背中の高い椅子にいたのです。クラブの午後七時十分。彼女は無愛想にハンド・バッグを押えた手の時計を見る。「やっぱり今夜も彼は来るかしら」 彼女はレエスのカアテンを透して街を見るのです。「高慢なのか極端に内気なのかどちらかにするのが男らしいのではないかしら。彼は全く女性的だわ」 彼女は思い出すのです、スクリインで見たミシシッピイ河のほんとうに暗かった空を思い出すのです。移民地の憂愁そして移民者の寂寞。涙の水平線が地球を絞めつけているのかも知れないのです。彼女は灰皿のなかを見るのです。チカコは彼のいくつかの会話を思い出します。「僕にとって哲学が必要なのは哲学が僕に忍耐心を育てて呉れたことですよ。笑うがいいさ、あなたにはあなたの考えがあるわけだから。そうなんだ、若しもあなたが僕を黙殺しきれない何かの特徴が僕にあるとしたら、それはあなたのいちばん侮蔑しているものだけで、僕が結構生きていられ、ドビュシイやダリウス・ミロオに就いて、一人の友達のことでも話すように一種の正確さすら持って話してしまうことなのです。感動した容子もなくね。そのことがあなたを不安にするのです。極まれにはあなたのヴァニティを傷つけるのです。あなたは全く不愉快になり挨拶もしないで部屋を出て行くのです。——あんな人が音楽のこと話すなんて堪らないわ！ ある婦人がライタアを使うついでに苦苦しそうに言った非難は僕のことなのです。あなたは次の街のポストまで歩いて行くのがやっとなのです。あなたは大急ぎで引返して来る。――なぜあんなに彼が癪にさわったのかしら？　へんね。そして結局僕のために、あなたをたまらなくさせたのは無雑作な言葉とそして学理的な用語との乱暴な使いようから来る、刺戟に過ぎなかった。と言うような優しい結論まで作ってあなたは硝子の冷いノブを廻すのです。だがあなたは三分間も過ぎないうちに最うすっかり、さっきの結論を放棄するのです。僕がまた冷淡な調子でジァン・コクトオを話していたからです。あなたがさっき、出て行ったことに就いて何の責任も打撃も感じなかったように。――なんて解らない饒舌な性格なんだろう。そこであなたには降服するか興奮するより他に道がない。あなたはいつも興奮する方を撰ぶのです。降服の方を撰べばよいものを。忍耐心か僕に勝敗のないトランプの方法を教えて呉れたのです。降服すること、それはトランプの仲間になるひとつの手段なのかも知れないんです。あなたは僕を軽蔑しつつ反抗しつつだがやっぱり僕を黙殺できないのです。そしてみじめな気分になり、口惜しそうに僕の言葉に近く白いペエジを数えているより他に道があなたにないんだったら、僕は最うあなたに会うのを止してしまいましょうか」　チカコは彼の寂しい顔と声とを思うのです。橋本は鋪道に立ってクラブの窓を見たのです。そしてレエスのソフトフォカスのなかに、ぽつねんと街を眺めている彼女を見るのです。彼は口笛を吹いてみた。しかし口笛は鳴らなかった。電車が彼の視線を断ち切るのです。号外のベルが遠くの街を飛んでいるのです。彼はゼオゲネス*の悲劇の価値を考えてみた。彼は静かに歩き始めるのでした。すると彼の口笛は鳴ったのです。シモネッティの「マドリガル」しかしそれにしても紫の材木のようにマガザンのサアチライトには枝がありません。

2

街の朝は美しいのです。プラタナスの影が微風に吹かれているのです。そんなに温暖な季節の波紋が彼女の瞼の丘に光りの泡を作るのです。遠い田園の森や水車場とおなじように朝は貝殻のなかから生れるのでした。——夕暮れが貝殻のなかに落ちて行くように。滑らかな若葉は人間のある物を衰弱させるのです。それは薔薇色のしなやかな爪に似ていた。ブロンドの髪の毛に似ているのでした。彼女は歯磨の薄荷の香いといっしょに、微風を吸う。街はロメオの街でもあるのでしょう。すべての建築の様式を越えて、そこにはゴシックだけがのこるのです。建築家は建築の様式にしか重きを置かない。それは詩人が詩の様式のために自殺しかねないのによく似ているのでした。完全な芸術の眼はいつも群集のなかにあるでしょう。チカコは目的もなく早朝の街を行くのです。廃墟の思想が空を流れているのです。生活は未だ鎧戸のなかに睡りから覚めないのです。紫色の哀しい汗が白い額を疲らせるのです。そんなにして午前六時の街は層雲の下に知ることの出来ない歴史の頁を隠しているのでした。

美しい殺人のありそうなロオマンチックな街は彼女のフレンチ・ヒイルのデビウにやっとのことで合図するのでした。ほんの少し高く、ほんの少し低く、コリント風のファサアドに向って。彼女は口笛を吹いてみるのでした。「あのひとは本統に来なかったのかしら」何気なく手首をあげて時計を見るのです。午後七時十分。プレイトの上にゆうべ見た針の動きを記憶するのでした。「どうしたのかしら」彼女は自分に聞いて見るのです。こんなにも爽かな朝だというのに。澄み切ったガラスの中でプレイトは紫色に光ったのに。「あのひとはそんなにも興味が持てるのかしら、そんなにも自分に関係を持つのだろうか」彼女は眼をあげて屋上の赤い旗を見るのです。「つまらないことなんだ」彼女は自分の結論に安心して歩きつづけるのです。彼女は彼女の時間的な生活に自信を持っているのでした。彼女は彼女の周囲の埃風に吹きあげられた紙の存在に強い承認を与えるのです。それでいてプラタナスの葉の囁きに無関心でいるのです。彼女自身それに近いのに。彼女自身素朴な自然さに還れるのに。だから彼女の室にはルイ十三世風の鏡が懸っているのでした。紅茶は紅茶茶碗で飲むことが最上の生活だとも考えるのです。そうして縁のない鏡。ガラスのコップ。それらのものは彼女にとって生活の乱雑を表示する耐え難いもの以外に考えられないのです。彼女は彼女の強さを外交的儀礼の為めまた規律的生活の為のものだと誤解するのでなかったら彼女が一寸吸取紙を買いに出る時でも外套と帽子を忘れることの気易さに帰れたでしょう。愉快な五月。ボオト遊びにツウィドの彼女をレストオランの眼たちが見るのです。まぶかに冠った帽子の中でじっと漕ぎ手を視るのです。そうして決してオオルを握ることはしないのです。充分に漕ぐ力を持っているくせに。彼女の眼。批難するような彼女の眼はまたまた彼女の厚意からでもあるのでした。そうして彼女の厚意。それを知る時。彼女の慇懃。彼女の作法。それが彼女の弱気から来ていることが判るのでした。彼女の解剖的弱点。それは女という存在にはかなり強いものになるのです。容貌というようなものにそれに引け目を感じるのではないだろうか。たとえサラ・ベルナアル夫人の美にとっても化粧法は彼女の名声への重要なアシスタントでした。女の避け難い感情。クレオパトラの美をもってさえ安心し無関心でいられなかった避け難い感情。それは努めておさえ様とする？　彼女の生活の上へ無遠慮に顔を出すのです。彼女の強いアクセント。彼女の無雑作な所作。それは彼女が勝つことによってやっとバランスを保つことが出来るたった一つのゲエムなのでした。それは全く凱旋将軍が敗北の思い出を楽しむのと逆に似ている。彼女の思い出は常に勝利でなければならないのです。そして勝利者であるためには敗北者の街に行かなければならないのです。彼女は兇暴な赤のラインのある大胆な帽子を黒くかぶるのです。彼女の前には彼女の小さなクラブがある。そこには鱶のための犠牲の魚がアカンサス*の美しい肘椅子にメラクリノを吸っているのです。彼女は若若しい悪魔のように軟らかに、妖精のようにしなやかに慇懃を極めてドアを「擲弾兵の歌」の部屋に向って押すのでした。「ボン・ソワアル」 彼女は如何にも快活に見せてかかるのです。そうして成可く隅の方の椅子に偶然のように身を沈めるのでした。つねに孤独であることに依ってその一つの室の会話の中心点を自分のものとする彼女でした。そこで手近かな彼等に質問を答えを挨拶を注意深く留めるのです。「あなたは誰れの作品がお好き?」「ボオドレエル——私知りませんの」「ドンゲンあの作品のどこが好いの」「この間マチネエで泰子さんに逢いましたの。お二人で」「あなたお酒お飲みになるの」「隠したって駄目よほかからばれるから」 そして彼女のオペラバッグは戦利品で一ぱいになるのです。そんなに多くのつまらない答案の為に彼女の地位は白い大きなゴム球のように快活になるのでした。あ。そんなに多くの、そんなに貧しい装身具に飾られて彼女の美粧術は市場に於いて全く完璧なのでした。一台のクリイム色のオオプンが郊外の方へピクニックのワンセットを賑やかに運んで行くのです。マガザンのタワアの空に紋章の旗がはためいた。彼女はサイクラメン*の飾窓で引き返すのです。果実店の前を。煙草店の前を。彼女のヘルメト型の春の帽子が過ぎて行くのでした。彼女の礼儀正しい書斎の方へ。ルイ十三世の掛け鏡の方へ。抒情人形と硝子の筆立ての方へ、彼女のフレンチ・ヒイルが没落の原理を組みたてるのでした。ひとつの微風。そしてひとつの白薔薇の街のなかに。

3

水曜日の田園の空。橋本の軽いハンティングが樅の木の下を行くのです。チカコは柔らかな草の上を踏んでゆくのです。田園では丘の次ぎには丘が、森の次ぎには森が続いているのです。青い空にブルタアニュの葡萄畑の雲が揺れているのです。小さな別荘地帯の松林のなかに用水タンクの果物が手に触れることのない硝子の中に並んでいるのでした。覗いをつけずに電信柱に石をあてることは割合に難しいのです。彼はなかば冗談のように彼の無意識に問いかけるのです。「若しもこの最初の石があたったら、僕はチカコを愛してもいいだろうか」石は綿畑のなかに落ちてしまうのです。「ずいぶん石を投げることが下手ね」彼は第二の目標を発見するのです。「見ていたまえ。これが僕の第二の運命なんだ」彼は自分に言うのです。希望への意志の為にこの石を。「一寸待って下さらない——最ういいわ。あててごらんなさい」石は竹籔の中で鋭い音を立てるのでした。「まあ、なんて下手」彼は冒険者の眼をもって菜の花の大きな正方を見るのです「僕は遂に勝たなければならない運命を持っていたと考えよう。彼女の性格は僕の意途を見透すことが出来た。しかし僕の行動を常識的に決定してしまったのだ。彼女は僕を愛する秘かな嬉びを味うまえには僕は一歩前を歩いている。彼女は的を外れた石を僕の弱点と考えている。そしてそれが僕の勝利の第一歩であることを想像する力がないのだ」 彼は冷淡にマドリガルを吹くのです。幼稚園の旗が夢のなかに翻っているのです。「僕の石が外れて愉快でしょう。あなたにはね」「ずいぶん愉快よ」「なぜそんなことが愉快なんです。しかし僕には今やっと解った」「ほんとに解っていらっしゃる？ 断言してもいいわ。あなたはきっと間違っていてよ」 お馬鹿さん。と彼は呟いた。そして無雑作に言うのです。「僕の答えはこうです。チカコさん有難う。僕も実はそうなんだ。とね。間違いはないんでしょう。若しあなたが嘘つきでなかったら」 遠い牧場の硝子が夕陽のサアチライトを光らせるのです。午後六時三十分。林の向側で郊外の電車が行き違うのです。彼の胸の真空のなかでテンポを失った歯車の回転を感じるのです。この血液の危険に対して自然は大胆さと盲目的な脱走とを教えている。最初に彼は彼女の小鳥とブウケエの中に唇を埋めるのです。雑草の葉らの空間に夜の空気が落ちて空は疾走する鈍重な雲の為に急速に夜に傾いてゆくのでした。衰弱した薄明のなかに風が坐る。すべての樹木が羽根を拡げるのでした。ひとつの水滴が彼女の頬に薄荷を置くのです。発狂した草の中に彼女の小さな叫びの空の方に、逆転する悲劇がいた。彼女は鋭い顫えのなかに身体の最後の秩序から失踪するのです。彼は白菜の畑を横切りながら「女性は不可解なものに対しては反逆するか崇拝するより他に何も仕ないものだ」というメモランダムの一節を思い出すのです。風の毛布が彼の頬にブウケエの香いを思い出させるのです。このみすぼらしい二人のカレエの市民は悲劇に価いしないひとつの悲劇の為に、喜劇にさえならない極端な疲労と哀愁の水流中に靴を動かせているのです。チカコは彼に絶望的な肯定を思うのです。「あなたのネクタイはいつも変に結べてるわ」「僕のネクタイが見えるの。こんなに暗いなかで」「そうじゃないわ。今、想い出したのよ。それからあなたのソフトもおかしいわ」彼は暗澹とした田園の空を見るのです。レインコオトの襟のなかに避け難い憂鬱が眠っているのです。少年の鳩はどんなに速く飛び去るだろう！　そしてそれよりも最っと速く、芸術のフラマリオンは飛ぶことだろう？　彼は暗黒の中に悲哀や絶望を見ないのです。ただそこには重厚な自然の無批判の勢力が潜んでいるとしても。「アデウ懐かしいあなたのなかのアアチスト」彼は落魄した王妃に向ってするように呟くのです。高慢への献身的な復讐者ボオドレエルやランボウの砂漠のなかに、人間の背後の砂漠の上に冷く散歩するライプニッツの精巧なロボットがどんな性能と容貌を持っているかはラプラスの魔物だけが識っているのかも知れないのです。「ボンソワアルあなたのなかの美しい動物の為に」机の上の二つのコップにオレンジエエドが温まっているのでした。どちらを飲んでも人間の美しい夜は更けてゆくのです。手袋の影に、そして花束の蔭に怨恨と絶望だけをそこに残して。レオニイド・アンドリエフが磨いてよこしたカメオのように。

春の日に

冗談に福田清人に贈るコント

★

生きた縞馬を僕はまだ見たことがない。それ故、生きた縞馬のことが気になって、僕は忘れられないのである。何によらず、一度も見ないこと、しかもそれに就て識っていることは、それを百度みることだ。

〔シャアルロッテンブルグの動物園って、どんなだろうね。どんなに素晴しいだろう?〕それは、僕にとって彼の病気が、また始まったことを意味している。辛辣な冗談を僕に思いつかせるのである。〔チウリッヒの街って、どんなだろうね。雨の日にはどんなに美しいだろう?〕雲の明るいある日。暖い春の太陽が、モザイクの上に炎える絨緞を拡げて呉れる。

とりとめのない理由で、今日もまた僕は彼のベランダのある部屋で彼に会う。室咲きのプリムラベリスを夾んで、坐っている。爆撃機が一台、気のふれたゲンゴロウ虫のように、街の千五百メエトル程の上空を掻き廻していった。彼は立ち上って、僕のコップに幾杯目かの珈琲を注ぐ、プリムラベリスの桃色の花花の向うに彼の顔が見えなくなる、不意に彼は言うのだ。〔しかしそれにしても、シバの女王がソロモン王に会った刹那の気持って、どんなだったろうね。どんなだったろう〕彼の病気がまた始まったのである。僕は瘋癲病院のドクトルが患者達にそう仕て遣るように、このへんな患者に言って遣る。〔極ありふれた、女の好奇心からさね。あの頃はまだ翡翠のライタアもなかったし、十八気筒総ニッケルのロオルスロイスもなかったのだからね〕彼は不愉快な気分をやっとの事で、シガレッツ・ケエスに追いこむことに成功する。僕の方にシガレット・ホルダアを突きだして、冷淡に宣戦を布告するのである。〔それにロケット飛行機。アインシュタインのことも忘れちゃいけないよ。君と言ったら、なんてエレガンスのない奴だろう！〕

★

春は僕と彼との為にも、やっぱり美しい季節だった。彼も僕も、おたがいに美しいアミイを持ったと思うことが出来たのだから。僕も彼も、良いことにつけ、悪いことにつけ、アミイのことを話すとなると、出来る限り優しく、美しく、誇張しあった。そしておたがいに、それを本統だと相手に思いこませることが出来た、という秘密な喜びを持つことが出来たのだから。彼の話すところに拠ると、彼のアミイは十八歳で、まだリイドルの下読みをして置く学校の習慣から抜けきれないで、朝、不意に周章《あわ》てて机の前に坐りに行ったりするのだそうだ。〔で、その美しい君のアミイは、明るくて、敏感で、小説本を読むにも、珈琲を飲む時のように、その透きとおる羽根の様な小指をあげて、しとやかに、静かにペエジをめくってゆく。そしてやっぱり背が高くて、フレンチ・ヒイルが似合うのだろうね〕〔そうなのだ、しかし背はそんなに高くはないのだよ。フランスの女のようにね。君は彼女の素晴しい豊かな睫毛について言わなかったね。君が若し、彼女の夢みる笛のような声をきいたら、君はどうなるだろう?〕〔安心したまえ、僕はどうもなりやしないから。僕は美しい君のアミイの上に、君の素敵な幸運の上に、投げられた空の新しいボオルのように、倖な太陽がいつまでも純潔な空気の中に、顫えているようにと、僕は祈るよ〕　翌日もまた僕と彼とは会った。僕は彼の部屋のドアを開けて、這入ろうとしたのだが、机の上に書物の山を作って彼が熱心に調べ物を仕ていたらしいので、明日、また訪ることにして帰ろうとすると、彼は狼狽《あわ》て僕の側にやって来て、是非、話すことがあるから居て欲しいこと、ちょっと人に頼まれてドクトル・メラヒントの臨終について調べていたのだが決して急ぐ用ではないことを僕に繰返しながら、例のプリムラベリスの花花の前にひっぱって行くのである。〔ねえ君。僕は君の美しいアミイに昨夜、街で逢ったのだよ。本統だとも、間違うなんてことはない。僕は吃驚した。日本人で、あんな風に緑色の似合う女は居やしないからね。実際に彼女は二十一歳なのだろうか〕〔二十三歳なんだ〕〔信じられないねえ。僕はじっとして聞いて居たのだよ。隣のボックスで彼女たちが話すのを。彼女は僕がそこに居ることを知らない。よしんば知っていたにしても、彼女は僕が君の友達であることを識らない。それが僕には愉快なのだ。君は彼女の頸飾が好きなのだろうね。気が附かない筈はないよ。紫水晶の。不思議だなあ君が知らないなんて、じゃ彼女は、いろんな宝石にそれぞれ自分を適合させる素敵な才能とそして沢山の面を持っているんだね。いったい彼女はどんな階級の婦人なのだろう？　きかなくても良いよ。彼女が君のアミイであること以上の素晴しいことなんか有り得ないのだから〕どんなに計画的にそれがたくらまれていても、必要以上の効果を上げ始めると、不安になるか、不愉快になるものである。僕は彼の途方もない想像力に圧倒されそうになる。僕はだんだん憂鬱になって来る。それに最っと良くないことは、この愛すべき友の顔が、どっかしら間が抜けて見えて来たことだ。僕はいそいで、彼の話の腰を折るより他はないのである。〔しかし君、僕は言い忘れて居たのだが、僕のアミイは眼鏡をかけているのだよ。眼鏡のことは、君は未だ言わなかったようだったけれど〕

プラタナスの葉が、ようやく三インチ程の直径になった。僕と彼とは、あるマティネエの帰り途を、山手の方へ歩いている。彼のボルサリイノの上に、黄色い蝶が舞って来る。あるいは、とある屋敷の空に、眼のくらむような白い木蓮の花が咲いていたりした。僕は彼が、彼のアミイを僕たちのティ・パアティに招待することを承知しないのが不快になって来た。なぜ、そんなに彼は拒むのか。しかも、今日のマティネエは、彼のアミイの為に僕が席を取って置いたのである。それなのに彼のアミイが来なかったことに就て、彼の説明は極めて曖昧な、よそよそしいものだと考えるより他はない。僕はいっそ、彼を嫉妬した方が遙に楽なのかも知れない。彼は長い間、話しかけないでいる。灰銀色キャブリオレットとすれ違っても彼は黙っている。これは彼には有り得ないことなのだ。彼が黙ろうというのなら、僕だって五百哩《マイル》でも黙って歩くつもりになって来る。けれども彼は立ち止った。何て淋しそうな顔をしているのだろう。「今日のことは、僕は心から謝るよ。結局、僕にはどうすることも出来ないのだから。その代りに、来週の水曜日に、Rまでドライヴをしようよ。そしてその時こそは、僕のアミイを君は見るんだ。僕の見つけて置いたリンカアンは素晴しいクッションを持っている。君はびっくりするよ。僕はそのリンカアンの上で、僕のアミイと君とが話そうとさえ思えば話すことも出来るよ。僕は君に誓う。僕の友情と名誉にかけて必ず僕のアミイを連れて行く事を約束する。だから、気を悪くしないで呉れ給え。おねがいだから君のアミイも連れて来て呉れ給え」〔あ、そうね。ドライヴをしよう。今日のことは何でもなかったのだ、僕は最う憤ってやしない。そら、あそこにスペイン風の家が見えるだろう、あれが音楽家P氏の家なんだ。そうだあのファサードは確に純粋じゃない。日本の建築家の欠点は、コリントからバンデルロオへに到るまで、どれ一つとしてその様式の原則を把える事が出来ないことだ。彼らは、表面の絵画的秩序にとらわれ過ぎている。そして、いい加減に他の様式を附け加える事が、フォルムの進化のように思いこんでいるのだね。結局、日本の建築は全部混血児なんだ」

★

アクアマリンの空に、白いカンガルウの雲が出ている。自動車は麦のダンダン畑を登って行く。ボンネットの先端のニッケルの天馬が、突然に雲の中に踊りこむ。彼はマドリガルを口笛で歌っている。〔要するに、おたがいに罪も恨みもないわけだね。おたがいに五分ごぶで本統に悦しいと僕は思うね。僕は心配していたのだよ。若し今日、君が美しいその十八歳のアミイを連れて来たら、僕は謝るより他はないのだからねえ」　すると彼は晴れやかに笑い出した。足踏をする。いきなり僕の手をひっぱって。〔僕は、君のアミイこそ真物だと信じていたんだ。恋人を見る眼と言うのは、ある部分、つまり気に入った部分に就ては微に入り細をウガツのだが、他の残された部分はてんで解っていないものじゃないかしら。僕は君に矛盾を発見する毎に、君は心から恋に陥ちているんだと、きめていったんだ〕〔僕は君の正確な記憶力に驚いた。総てが終始一貫しているのだから。僕はそれに就て、幾度も罠をかけて君をためしてみたのだが、君は只の一度も誤らなかった〕〔それは当然の事だよ〕　そう言って、彼は、一枚の写真を僕の手に握らせた。〔さあ裏側から話し給え。それが僕のアミイなんだ〕　それは、僕も知っている彼の妹の写真なのだ。彼女は昨年の暮に亡ったのだが、彼は彼の妹の趣味、風采、容貌のすべてに全く逆のデフォルメエションを克明に仕おおせたに過ぎなかったのである。〔ほんとうに、君の妹さんは美しかったのに惜しいことを仕たね〕〔ああ。しかしそれにしても、僕たちが三週間の間、おたがいに信じさせられていたような美しいアミイを持っていたら、どんなに春が素晴しいだろう。どんなに面白かっただろう！〕　また彼の病気が始まったのである。

初夏の記録

屋上庭園の温室から地下室の切り花売場へ、マガザンCは、十台のリフトに依って貫通されるのです。それは薔薇の花文字から薔薇のピリオドに到る十行の詩句です。午前十時。ユミコは椰子の樹の下のベンチに坐っているのです。硝子のホリゾントを登る静かな雲は、移民地《コロニイ》の朝の白い雲です。美しい家族が五つのスプウンでアイスクリイムを食べているのはシャボテンの蔭です。ユミコは靴の影にパンジイの一群を見るのです。(ボオドレエルの『人工楽園』という書物を御存知ですか？　それとこれとは全く関係はないのですが、此れも亦ひとつのボオドレエルですね) 彼女が未だそんなに優しかった頃、それを聞いたのです。ある青年の言葉が忘れられないのです。一九二九年研究科。一九三〇年卒業。そして一九三一年。彼女は銀のシャプペンシルをハンドバッグに持った短篇作家です。ドラセナの葉の上にまた新しい雲がひとつ現れるのです。Ciel！ les colonies.

Dénicheur de nids,
Un oiseau sans ailes.
Que fait Paul sans elle ?
Où est Virginie ?

ユミコはレエモン・ラディゲの詩の一節を思い出します。Que fait Paul sans elle ? その頃彼女は、たった一度鉄柵を隔てて手を握りあったのです。その青年は詩人だった。《ユミコさん。あなたは青空の雲を見て、仔羊のようだと言う人と水蒸気の塊りだと言う人とどちらが御好きですか》フランス式造園術のあまりに明白なU公園の空は晴れているのです。彼女は噴水盤に小石を投げてから言うのです。《水蒸気の塊りだと言える人がいいわね。でもそんな人はいないわ》彼女は土耳古《トルコ》玉の砕け続ける水盤を見るのです。《そうですね。しかし僕は仔羊だと言うことの出来る余猶を持つこともつまらないことではないと思うのです》葉桜を吹く微風が彼女の髪の毛と衣裳を花束に、変えるのです。彼女にとって過去は脱ぎ捨られた一対の靴なのです。捨るにはあまりに彼女の趣味を完全に保っているのでした。しかし使用するには修繕する可能性を失っている一対の夜会靴なのです。八月になると彼は防風林と砂丘の地方に行くのでした。ユミコは青年の美しい手紙の幾通を思い出すのです。《朝。僕はママンとボルゾイを連れて冷い砂の上を散歩します。海は太陽の下で縮れている青いゼラチン紙なのです。貝殻の蒐集は最う止しました。デスクの上の塵にまみれた貝殻を見るのは不自然で、哀しくなるのです。ストロオハットの下の明るい眉。音楽家S氏がホテルの三階にクウガンのような少年と居るのです。夜の波の音と透明な月と、この恐るべき俗悪な舞台からジァン・セバスチャン・バッハが生れたのでなかったら、何故こんなに僕のノスタルジイを揺るのか、僕は理解することが出来ないのです。ここでは人びとは無意識のうちに特殊な声《アクサン》で話しあっているのかも知れないのです。そんなある晩、ホテルから遠く僕はS氏と少年と三人でいつまでも歩いてゆくのが好きなのです。S氏に言わせると松の樹は立派なセリストなのです。僕は秘かにピイケエだと思っているのです。フェレンツ・モルナアルの短篇集をありがとう。山の話を最っと詳しく書いて下さい。『落葉日記』のなかの少年に逢ったらどうぞ宜敷く。三組の『ポオルとヴィルジニイ』がベランダでテッド・ルイスをかけているのです。午後十一時三十分。ボンヌイ》ユミコはハンドバッグのシガレッツケエスからメラクリノを銜えるのです。Où est Virginie ? 思い出はまた、失なわれたダイヤモンドでもあるのです。それが思い出すことの鏡の上に憂愁の避け難い直線を引き溜めてゆくのです。そして忘却のなかに鏡はいつか砕けて行くでしょう。思い出の悲哀は思い出を永久に持ち続けて行くためには思い出を思い出さない方法しかないことです。しかしそれは取りも直さず忘却に過ぎません。この絶望的な思い出の摂理のなかに彼女はメラクリノの煙を吹いて立ち上るのです。マスクメロンの室から園丁がカルセオラリヤの鉢を持って出て来るのです。またしてもリフトがアイスクリイムの七人を運んで来るのです。太陽がホリゾントの真上に、やっとのことでよじ登る時間です。グラジオラスの林の方へ彼女の影がパンジイの上を動いて行くのです。

★

すべての季節にとっては彼女の書斎もまた一つの船室《ケビン》でした。彼女は朝の庭園に向って、カンナの畑に向って窓を開くのです。《お母さま。あたしのサフランのところいじっちゃ厭よ》《大丈夫よ。ユミちゃんのサルビヤが大きくなって……》《ユミコ断然すごいでしょう。お母さまのお部屋に差し上げましょうか》　ライラックの風が午前八時のユミコの頬とカアテンを顫わせるのです。J'ai raison bonjour monsieur　彼女はバディ・ロオジャスのスティルを透かしてハリウッドの空に挨拶します。ユミコはロオジャスをそんなに好きではないのです。彼女は本当はウォレス・ビアリが好きなのです。しかし彼女の社交術はビアリをそこに見ることを敢えてしないのです。そして彼女は軽い黙殺を含むゲラントをロオジャスに贈る心易さのなかに、すべての親友たちへの軽い黙殺の自由さを得ているのでした。彼女にとって、エクセントリックであることは危険な孤島なのです。ユミコは樹の枝につけ、街の一杯のオレンジエエドにつけ敏感な人間の気の弱さが如何に巧妙な社交上の俳優に値するかを思うのです。そしてその俳優の原理が不可避的な気質の上にたてられていることを識るのは彼女にとって殆んど致命傷的な憂鬱なのです。彼女はテエブルの上のシャボテンの鉢を見るでしょう。それは一インチの立体的完成のなかに砂漠の純潔を持っているのです。《シャボテンの蒐集家》 それは彼女の良い方のニックネイムです。ユミコはフェルトの上靴で朝の滑らかな廻廊を歩くのが愉しいのです。彼女の明るい影が彼女と並んで廻廊から客間へ這入っていくのです。午前十時四十分。ピアノの上に窓の楓が映っているのです。涼しい風はその緑から吹いて来るのです。彼女はピアノは下手なのです。そのことを彼女は痛快なことに仕ているのでした。彼女の指の無器用さと気紛れとの同意がクラベエの悲鳴を承諾します。この複雑なミュジックがお隣のマダムのヒステリイを治療し難い破目に陥しいれるのです。間もなくコオヒイ皿の割れる音がお隣りの家から杉の生籬を越えて彼女の客間に跳返って来るのです。彼女は口笛を吹いてママンの部屋のノブを廻すのです。《ね、ね、お母さま。お隣でまたコオヒイ皿が壊れたわよ。そのうち十ダース程お隣へコオシイ皿御返しに上ろうかしら》《まあひどいユミちゃんね》 彼女はそこにフィジアスの端麗な生きた立像のプロフィルを見るのです。《ユミコの素敵なお母さま》 彼女のこの心のなかでする母への讃美のなかに、母への隠された不服があるのです。彼女には彼女の平凡な容貌が自然の摂理が情けなかったのです。彼女は優生学や遺伝学を心から疑わないで自分の容貌を信ずることは不可能なことなのです。彼女は平凡な容貌よりも寧ろ醜い容貌であったらどんなに倖だったろうとさえ思うのでした。諦めることも出来たのにと彼女は思うのです。しかし彼女はやがてメンデルやド・フリイズの著述を発見することに依って優生学や遺伝学の学者達に復讐することは出来たのです。しかしその努力が結局彼女を絶体絶命の位置に追い詰めることに役立っていたことに気付いた時彼女は両手を下げて雨の中に暮れてゆく池の睡蓮に救いを求めるより他にどうすることも出来ないのでした。この絶望が彼女に彼女の母を崇拝することを教えたのです。彼女にとってそれが唯一の自己肯定であり絶対への全身的飽和の方法でもあるのでした。彼女のこうした悲劇的なメカニズムの上に建てられた彼女の母への愛が如何に純粋な愛に価いするかは知っている人だけが識っているのです。《お母さま。ユミコの美しいお母さま》《まあ変なユミちゃんね》 彼女はいそいで、立ち上るはずみに椅子を倒すのです。《気をつけて丁戴。そそっかしい人ね！》 彼女はそうする事に依ってやっとママンの顔に明るさを取り戻すのです。《ごめんなさい》 遠い空の方で軍用飛行機が鳴っているのです。午前十一時十三分。

★

葉桜に振る雨の美しさは、そしてその情景を寂寞なしに享楽するには、それが生れた家であることが重要なことの一つなのです。一日一日は天気予報と気象学の不充分を証明するかのように、測候所の報告に意地悪く出るのです。そして彼女にはラプラスの偉大な洞察が身にしみて感じられるのでした。灰色の空の下に庭園のサルビヤの赤が、白塗りのフレエムが、カンナの黄色が、そしてコスモスの一群が静かに濡れているのです。気のふれた一匹の蝶が暫く桜の樹の上に見えているのです。遠くの邸の方から『カンツォネッタ』が漂って来るのです。彼女はスタンドの橙色の光りの中で、メラクリノの煙のなかで、新しい友達の最初の手紙を見るのです。彼女とその青年とはある文学雑誌の創刊記念の茶会の席で会ったのです。最初の対面に依って、相手から彼女の受ける習慣は、極端な自尊心か懐疑主義か甘い社交術です。ユミコが青年との会話から受けた最初の印象はひどく彼女を狼狽させたのです。青年の挨拶は内気さと敏感さとの繊細な調和が形造る肉親から来る愛想に似ているのでした。

《西洞ユミコさんっておっしゃるのでしょう。お笑いになるかも知れませんけど、僕は貴女が這入っていらした時から、きっとそうだと自分で決めていたのです。お世辞なんか申しあげる気はないのですが、今日の茶会で御目にかかるのを楽しみにして来たんです。『ベロンム』の四月号に御書きになった『黄色い手袋』は本統にゴオチエの感覚だって難しいでしょう。ソログウプと言う作家を御存知でいらっしゃいますか。僕はロシヤのロマンティズムが好きなのです。残念ですね。いちどお読みになっては如何です。彼に言わせると大人の心情って醜いのだそうです。それで赤ん坊のうちに死んで了うことが望ましい純潔な生涯になるらしいのです。ジグムンド・フロイドはそれと全く反対の意見を持っているらしいですね。オスタリイ人が学者になると厭ですね。ホフマンやリイラダンの作品はお厭ですか、どうも失礼、つい古い作品に、この頃ひかれてばかし居るものですから。どうぞ御笑いなさい。僕は最らなれているんです。口の悪い友達があって僕が行くとストリンドベリイが来たと冷かすのです。そう言えばストリンドベリイの確かこんな風の上衣を着た肖像写真を僕も見たんです。しかし僕が此の上衣を誂えた動機はつまらないのです。僕の容子がひどく古風で陰気なものですから派手なのは不自然に見えるものですから。明治時代の型なのです。あのベコニヤの花瓶の右に居る紳士を御存知ですか。あれがプルウストの『失われし時を求めて』の訳者です。パリジァンの中にだってあれ丈けの服装を求めるのは難しでしょう。行届いたグウ*は見ていても気持ちがいいものですね。クリイムソオダはいかがですか。この家のクリイムソオダは僕達の仲間では有名なのです。あの変ちきりんな、エレクトロフォンさえなかったら、僕は毎日通うのでしたでしょう。つい勝手なことをしゃべって御赦し下さい。ではまた何処かで御目にかかれたら嬉しいのですが。ちょっと失礼します。友達が話したいって呼んでいるものですから》　彼女はベランダの方に去って行く青年の身軽な容子を眺めながら青年の名を訊ねなかったことにやっと気がつくのです。彼女は間もなく、彼女の知人から青年の名を知るのです。そしてその青年が、文学上のアバンギャルドの最も尖鋭な一群に属している一人であったことに、意外の思いをするのでした。彼女はルウジュをなおすと、喫茶店レスポワアルアラメエルのライト式の階段を降って行くのです。街は最うすっかり夜になっているのでした。彼女は硝子の莨筺《たばこばこ》から更に一本のメラクリノをホルダアに附けてライタアの釦《ボタン》を押すのです。

嘘つきの名人さま。今日貴女がいらっしゃるものと思って、お約束のラルウスの一九三〇年版を持って行ったのです。月曜会はいつもの通り俗悪なものでした。マアチャンの話。シネマの話。それからほんの少しゼエムス・ジョイスとサイレント・モノロオグについて。一昨日のプウランクとサティとロミオの会の奇蹟的な成功のことを貴女と話したかったのです。極少数の人を除いたら、月曜会はスカンダル*の発表会になりかねないのです。取敢えず貴女の『夏の花束』が七月号の創作のトップを切ることに決定したことを御知らせします。雨が多くて厭です。いつか御話しした『アッシア家』の令嬢が相変らず『キスメット』をやっているんです。憂鬱。僕は悲観しているんです。

★

ある日曜日。暖い太陽がサフランの紫の花の上にもいるのです。ユミコは、石竹草の花のなかで、蜜蜂の歌を聴いているのです。彼女は彼女の優しさや善良な気質は『ノオトルダム・ド・パリ』のなかのカジモドの運命がそうさせているような気がしてならないのでした。いずれ悲劇を遁れないとしても彼女にはエスメラルダの運命が寧ろ望ましかったのです。桜の葉の茂みのなかで最う蟬が鳴いているのです。彼女の額の汗のなかに後れ毛が哀しく沈んでいるのです。彼女は青年のことを考えてみようと思うのです。しかしそれは青年のことを考えてはいけないと言う彼女の先入観念に対する反抗と解放の要求に過ぎないのでした。彼女は青年がいつか彼女に笑いながら言った言葉を思い出すのです。『女の人は理解することの出来ない性格の男に対しては反逆するか恋するより他にどうすることも出来ないのかも知れないですね』彼女には青年が解らないのでした。彼女がある日、彼を饒舌家と批評したのです。しかし彼女の判断は一時間過ぎないうちに一人の紳士に依って覆されたのでした。『この人はいつも黙っていらっしゃるんですね。僕のような老人が騒ぐのを御覧になると不愉快じゃありませんか』『いえ』と青年は明るく否定するのでした。（僕はさっき此の人から饒舌家だとやっつけられた処なのです》《じゃ僕の前では猫をかぶっていらっしゃるんですね》 彼女は青年が紳士から『猫かぶり』の不躾な汚名を頂戴しながらも気軽に笑っている青年の鈍感さと、さもなければ卑怯さを侮辱もし、腹立たしかったのです。しかし彼女は、その腹立たしさにことよせて、自分の違った判断に対する責任を全く放棄している自分のエゴイズムに気付かないのでした。彼女は石竹草の花の端正な香りのなかで、やっとその事に気付くのです。そして青年の態度は青年の卑怯からではなく、紳士がつとめて新しくあろうとする極つまらない努力に対する優しい同情心にあったのではなかったか？と言う仮定に対して、青年は紳士が自ら進んで若者らしく感じ行動し、しようとする老人のバニティを充すために持った若者への定義の粗雑さと、その概念の行使によって若者の感情の領域にまで完全に到達し体現し得たと信じることに依存するノミナリズム的の不遜な心情と、あの微妙な露骨さに対する青年の寛容さが青年を曖昧にしたのであると言う結論を導き出すのです。そしてこの乱暴な推理の根本をなしている青年に対する必要以上の厚意への理由を見ることの怖れが、紳士への彼女のエゴイズムと、青年の行動のすべては青年の強い虚栄心からに過ぎなかった、と言う青年に取っては致命傷的な真実に近い判断とを相殺したのでした。そして彼女はこのアマルガムを完成させるために《饒舌とは必要にして充分以上を話すことです》と言った青年のある日の言葉を思い出すのです。そして青年が芸術以外の事柄に対しては決して口を挟まない態度に裏づけて初めて思いあたったように驚いてみるのです。《ユミコも随分と馬鹿よ》 彼女はこの心の俳優たちのする演技に全く満足するのです。彼女は石竹草のなかから立ちあがるのです。彼女の置時計のアラアムベルが突然に喚くのです。彼女は狼狽て窓の下に飛んで行きます。跳ね飛ばされた散水器が桜草の畑に飛び込むのです。

＊

静かな初夏のある夜。彼女と青年とはGの街のプラタナスの下を歩いて行くのです。《初夏のストロオハットは本統にいいですね》《あなたはなぜおかぶりにならないの？》《僕には似合わないのです》《下品だと思っていらっしゃるんでしょう》《羨やんでいるのですよ》彼女はいつもこの『悪の判断』による誘惑によってすべての友達の言葉を醜いものとすることに成功していたのです。そうすることによって友達の上に軽侮を感じることが彼女の優越心を満足させていたのでした。彼女は彼女のこのトリックが青年には全く無力なのを知るのです。彼女はこうも思うのです。彼は何故それを指摘し非難しないのだろう。彼女は寧ろ青年からその罠を非難されたかったのです。彼女はその非難に対立することに依って自分の陣地を造り出すことも出来るからでした。しかし青年は光りの中に優しく笑っているのです。それは彼女には最も弱点であるとしか思えない、彼女の純真さの中心を貫通する一発の致命傷なのです。《この頃また止め金のついた婦人靴が流行するんですね。あなたもお履なさい。流行は必ずしも下品ではないと言う証明になりますよ》《ほんとうに素晴しいわ。あの舞踏靴の横の銀の止め金のを買おうかしら》《そうなさいよ。あれだったら、貴女の着物にしっくり似合うし。そして『銀の止め金ある婦人靴』と言う短篇をお書きなさい》《冷かしていらっしゃるの?》《どちらにも通用するように言っているんです。しかしいまどちらかに決めようとは思っていないのです》《意地悪ね。それとも曖昧なの?》《フォルセ・ケ・シ。フォルセ・ケ・ノオ》《何ておっしゃったの?》《イタリイ語ですよ。あるいは然らん。あるいは然らざらん》 軟風がプラタナスの葉と彼女の髪の毛を顫わせるのです。午後八時二十五分。パラソルとアッシュのステッキを持ったアベックは午後の散歩の続きです。ニッカアはゴルフ・リンクの帰り道です。昆虫屋の屋台が水色のボンボリを静かに揺っているのです。マガザンCのサアチライトが、この初夏の東洋の夜に紫のアンダアラインを引くのでした。彼女は飾り窓のなかのメロンの山を見たのです。彼女は飾り窓のなかのプティ・テアトルのビラを見るでしょう。《アンドリエフの『我等の生活の日』って知っていらっしゃる?》《あの中で大学生の歌う歌はほんとうに寂しいですよ。僕は甘いせいかアンドリエフの戯曲では一番親しみがあるんです。『人の一生』は戯曲の方程式だとまで人は言うんですが》《甘くはないわ。あなたが正直な人だからよ》 彼女はいそいで食器店の平凡な飾り窓の前に立ち止まるのです。ユミコは自分の言葉がまぶしかったのです。ユミコは優しい心になっている自分の容貌をそこに見るのです。しかし青年は彼女のデリケエトな頸の曲線に向って強い沈黙と決断のなかで呟いた。《アディウ》 青年はユミコの言葉を正直さは愚者の特質である、とする彼の観念に裏づけて彼女の言葉を無慈悲な侮蔑と解釈したのでした。そして彼女の羞恥心がさせる姿態を無意識がさせる冷淡な素振りに見たのです。夜の空は晴れているのです。悲しい決意の後で青年はユミコに呼びかけるのです。《歩きましょう。最後の夜って、美しいものですね》《最後の夜って?》《それはまた、最初の夜でもあるんです。僕のためにはね》 彼女は青年が何故そんなにも悲痛な表情を持ったかを理解しないのです。そしてジュウル・ルナルの『葡萄畑の葡萄作り』のなかの『ポオトレエト』のなかの写真師の言葉を思い出すのでした。『倖せな人はいつも顰め面をするものです』 彼女は青年の左にいて果実店の熱帯の匂いを幸福に横切ってゆくのです。悲劇にまでは未だ二十四時間のタイムが残っているのです。

Fin.

夜の挨拶

Je souhaite que ce buvard
Sous tes doigts devienne bavard.
Mallarmé

アネモネの様にカアネエションのように、一群となってアベニュウの方へ折れて行くのです。この美しく組み合された友情《アミツチエ》の花束のなかに、アスパラガスの役目をするのは誰なのか。それは誰でもない僕だ。と小川は考える。先頭を切っているユリコの爽やかな饒舌のマグネシウムが群集のなかに彼らの一群を華やかに際立たせる。ユリコの明朗な正確、それは若さに依って救われた通俗性の魅力だ。それが実生活には必要以上のものであっても。しかし……しかし、どうだと言うのか！　小川は狼狽して頭を上げるのです。振り返ったカズコの視線と彼の視線がからみあう。あなたは後悔しているんでしょう！あんな絶交状書いたりして恥しかない？　挑戦的な視線だ。止そう。今夜は皆で楽しく過すことが僕の責任なのだ。しかし覚えて置くがいい。僕は真面目にあれを書いたのだ。彼はポケットからライタアを出して釦を押すのです。煙幕を張って烏賊のように逃げてあげようね。カズコは青い衣裳のなかに超然と歩いている。飾り窓を視る上半身の素速い動作のなかに、明るくなって行く彼女の気分を抑圧し切れないでカズコは肩に現わしている。彼は思ったよりか、意志が弱いのかも知れないわ。そうだとすると、彼を少しばかり高く買い過ぎていたのかしら。いいわ、それならそれで……赦してやりましょう。そこで彼女の片頬に平和な微笑が湧きあがるのです。軽蔑してんだね。いい気なものだ。そして軽蔑すればするだけ僕に最っと辛辣に軽蔑してよい権利が正比例してゆくんだよ。長い間、忘れて居た憂愁の点が小川の心のなかに拡ってゆくのです。彼はアベニュウのすべての人間に武装する。上衣のパケットに両手をいれて、微かに口笛を吹いてみる。When you are alone any old night…… Give me night in june……愉しそうにしてんのね。でもあなたに口笛ふけるなんて思ってもみなかったわ。ユリコの微笑がそんな風にたちどまる。それは彼に接近することであったから。僕になにか用があるのかね。それとも饒舌りくたびれたんだね？　シプレ*の香りが彼女の気紛れな性質に冷やかなデザインをする。君のその無邪気さが、今夜は困るんだよ。カズコに当てつけているように取られないとも限らないんだからね。しかし、だからと言って憂鬱な顔も不自然で出来ないのだ。まあいいや、なるようになるだろう。ところで今夜はとても綺麗な顔をしている。化粧法満点。彼は自分の陽気さに苦笑する。するとユリコが不服そうに言うのです。

『また何かいじめるんでしょう。わかっているわかっている』

『お馬鹿さん。何でもないんだよ。こっちの事なんだ。海へは何日頃出かけるんだね』

ユリコの声を受け取らないで、畠山に背中から話しかけられてしまうのです。

『小川さん。あなたは海が好きですか』

『ええ。とても。泳げないんだけど……』

『あたくし海へ行きたい』

海の話が伝染する。

『行って溺れて来るがいい。悲しんで呉れるんもなくね』

『畠山さんも海がお好きなの』カズコがプラタナスの一枚の葉をかざして突然に話しかけるのです。

『僕は山が好きだな』

『私もよ。いっしょにアルプスに行かないこと。本統に行かないこと』

いよいよ白兵戦と言う訳だ。ガンバルがいいさ。自分では僕に反抗しているつもりなのだが、真実はカズコの貧弱な健康がそれを無意識に言わせているのだ。小川への反抗はこの場合には単に手段に過ぎなかったのだ。彼女の肉体は海の太陽には似合わないのです。（しかし山に行ったとしたら、十五度の坂道でさえ彼女は直ぐにも息を切らすのに）彼女の潜在意識と反抗の素晴しい合理化。カズコは小川に勝ったことを単純に、反抗のせいにしているのだ。でなければ彼女の頬がそんなに辛辣である筈はないのです。宜敷い。兎に角僕が負けたことを承諾しよう、お蔭さまで会話が高山植物とキャンピングの方へ移動したんだから。

珈琲店 Colombin は午後八時十三分に賑っているのです。カズコは小川の隣に席を選ぶ。堂々たる陣容だな。さっきの復讐では不足なんだろう？　しかし今度はそう容易には僕も勝たせたくないものだ。癖になると手がつけられないんだよ。

『いつかの手紙、取消したいと思わない？』

『そういう理由が出来た時に。あやまるのなら別だけどね。あやまると言うの？　あやまる理由なんかないってそれは形式上のことさ。僕は最初から形式以上のことを問題にしてたんだ。じゃあなたも絶交状を僕に書けばよかった。先へ書いただけ、僕の勝ちなんだ。あやまるんだね？』

カズコは時計の方へ明快に笑っている。

『あやまってもいいわ。あやまるわ。あやまることなんかあたくしは平気よ。あやまることなんか……』　しかし小川はもっと別の意味で笑い出した。恐らく結果に於て此れでよかったのかも知れないのです。だが最初は僕はそういうつもりではなかったんだ。小川はカズコと彼との個人的な出来事のために、グルウプ全体の調和を乱したく思わなかった。あるいは乱された調和のなかにカズコの孤独な姿を見ることが小川には罪悪に思えたのかも知れないのです。この錯雑した心理の森の中に這入ることを彼は拒んでいる。或いは彼はその森の地図に七つの鍵を掛けて、テエブルの影に投げこんだのかも知れないのです。彼はテエブルの上のカルセオラリヤにアブデュラ*の煙を口いっぱいに吹きつけるのです。すくなくともこの花には煙だけ足りない処があるようだ。どうもこの花は乾燥しすぎている。小川は馬鹿らしくなってしまった。

紫の影

いま僕はやっと絶望と言うもののメカニズムを理解した様に思います。それは絶望を予感し、それに接近して行くことを知覚することが絶望なのでした。そして絶望の環のなかに自分がすっかり這入ってしまうと、最う悲哀ではなく廓然とした透明な不可能の空虚が僕を囲繞してしまうと言う事実だけが僕のなかに冷え冷えと残っているのです。この絶望に恍惚となった僕の世界。それに就いて僕はなにも知りません。僕は今日もグロキシニヤ*の蔭に書物を展いています。『カンディド』と言うヴォルテエルの不幸な書物です。一つの不可知に対して他の一つの不可知を置く、そして自分をその重点の位置に置くことは人間に与えられた生きることに対する最後の能力かも知れないのです。こうして僕は非常に自分を軽蔑し嫌悪しつつ、尚且つ見捨て切れないケナゲな一面を黙殺しきれないのです。こうしてリカコが、まだブラック・アンド・ホワイトのドレスを着けて、ドアの向うからエスオエスの信号を真似たノックが響いて来ます。彼女は一個の香水瓶のように端麗に冷やかに現われます。バニティケエスと手袋を僕のデスクの上に置きに来ます。若し僕がティテエブルの上に書物を開いていたらティテエブルの上に、疲れていたら長椅子の上に。こうして彼女の出現は、いつも僕の空気と彼女の空気とを擦り変えることから始められます。僕は彼女のこの数秒時間に成し遂げる手術に反抗するエネルギイを今では所持して居ません。僕はいく度かの反抗によってそれの無意味であること、却って彼女の悪戯心を悦ばせ反撥力を強めることになるのを知り得ました。

このワルプルギス*の手術が終ると彼女は、デスクの上の彼女の写真を逆に立てたり、花瓶のカアネエションの花花をのこらず千切ってしまいます。その一つ一つの仕ぐさ無言劇《パントミイム》のあとで、彼女は満足そうな声を落して言うのです。御元気がございませんのねえ。何をしていらしたのオグリ。僕の弱点はこう言う場合に最も始末の悪い状態を造る性質のものでした。愛しても居ないのによすがいい、そういう残酷な優しさで僕を気狂にしようと言うのだね。しかし僕は最っと悪い結果を得る様な言葉を言って了います。たとえば自殺者が毒薬の紫の瓶を天井に投げ上げたり、ハンカチイフで磨いたりしてさんざん弄んだあげく、眼をつぶってひと思いに呑み下して了うように。またタペストリイのアカンサスや椅子の彫刻にすっかり気を取られているような振りをしながら心臓へ静かに引き金をひくように、あ、僕にそれが出来たら、尠くとも不幸だけでも真実に味うことが出来ます。それは人間に落ち附きや威厳をあたえます。キャラクタアを与えます。それは万有に調和する秘法を体得することであります。あのフェンシングの細い剣で一刺しにして了《しま》い度《た》い女があるんだ！　僕の荒んだアクセントが午後の明るい室内に反響します。すると彼女は愉しそうに僕の傍に、肩と肩とが触れあうまでに坐ってしまいます。御気嫌が悪いのね。なにをそんなに憤っておいでになるの？　怖いわ。僕はこの白白しい彼女の素振りが僕に対する彼女の冷え切った心と彼女には適切な防禦法に過ぎないことを断定する勇気に餓えています。あるいは彼女が愛することなく同情しようとする無礼を軽蔑する能力を僕は切望します。すべてに冷静であろうとするのですが、それだけすべてに絶望に近づく自分の位置を識るのです。シルバアグレエの静寂のなかに僕の鬱積した悲哀がシネマの雨のようにまぶしく映ります。僕の一本の指の動き、そして身体のどの部分の微動さえ、僕の絶望を溢れさせてしまうでしょう。水晶のように哀しみが僕の背後に冴えてゆきます。その時彼女は貝のシガレッツケエスから煙草を取って、僕の手の上にライタアを乗せて言います、彼女の声が丁度僕には最後の機会でもあるように響きます。つけて下さいね。あら、最うあたくしにはつけて戴けませんの？　僕はこの言葉の持つ冷酷さに耐えられません。僕は彼女のしなやかな頭に一条のメスを曳く振りをして自分の頭に一条のメスを曳きます。お帰り！　最う沢山だ。彼女は長椅子から気軽に立ち上ります。彼女は手袋をはいて釦の音を鳴らします。このホックの音をどんなに僕が愛しているかは、そのことで僕を赤面させた程に彼女は知っています。僕は自分の愛しているものが僕の最も憎んでいるものの為めに利用されることを耐えられないのです。僕は思わず顔をそむけてしまいます。彼女は僕の背中に無雑作に言うのです。かえる！　あたくしちっとも怒っておりませんのよ、じゃさようなら。僕は階段に小さくなってゆくヒイルの音をききます。彼女と僕との友情《アミツチエ》も最うこれでおしまいになるかも知れない。恐怖と悔いが僕のヴァニティ＊を根こそぎにしてしまいます。僕は狼狽して、階段を馳け降りる僕の姿を考えます。僕がわるかったから赦して呉れ給え。そんな風にぎごちなく出る僕の言葉が僕をたまらなくします。しかし空想より一分程後れて並木を急いで行く自分を僕は苦笑しずに居られません。こうして僕はいつも最早やその行為が何の効力も持たなくなった時に、それ丈けに驚く可き努力と羞恥と誠実とを払ってそれを仕遂げるのです。僕は恐らくこの運命のために、同情と愛とをごっちゃにしつつ自惚れた僕を気付かずに見せて行きます。僕は言葉でする弁解《アポロジイ》が、屢屢それをする人を卑しく見せたことを思い出します。僕は愚かな者であることには耐えられます。しかし卑しくあることは僕の血液中の伝統が赦しません。僕は僕の伝統と生死を共にした僕の多くの祖先たちを外にして果物の皮に就て語る能力さえも持たないことを意識します。

僕は既に理解しています。僕こそは僕の夥しい祖先たちのエスプリが完成する世紀に計らずも位置していたことです。リカコはこの落魄した僕の一族の最後の結末をつける為めに現れます。僕が彼女の容貌のなかに僕の生涯に尊敬を持った唯一の女性である母の容貌を発見したことに依って僕の運命は決定的なものとされていたのです。僕は間もなくそれに気付きました。僕の努力はむしろ彼女から離れて行くことに払われたのかも知れないです。ね言って下さい。僕はどうなってもかまわないんだ。彼女に対する僕の言葉はいろんな秩序に依って語られたこの意味に過ぎません。彼女はこの不意打ちに似た僕の最後の切り札を受けとる前にデスクの上のカアドを掻き廻して了います。僕は一枚のカアドを手にして絶望と希望の中間にまたしても沈んで了います。リカコが僕の言葉に必ず採用する苛酷な曖昧さが処女の単純な羞恥心であっても僕はそれを今では憎悪します。しかしまたこの憎悪が彼女を黙殺し切れない証明なのでした。あたくしは雨の降る日に街で菫の花束を買うのが好きでございます。菫の花束を持って雨に光るペイヴメントを歩いて参ります。夕暮がプラタナスの繁みのなかに匂っておりますのよ。わたくしは正確に煉瓦《ブリック》の上を歩きます。あたくしはペイヴメントの端に立って夕暮の匂いに包まれてゆくらしい遠い街の空をじっと眺めておりますのよ。

ね、お解りになるでしょうか。あたくしは寂しい女なのです。僕はこういう手紙を好みません。またこの文章が単に彼女の文学趣味を満すために過ぎないことは彼女との交際によってよく知っています。ええ此の魔女奴。こういう手紙を書いて得意になっている彼女の皮肉たっぷりな表情を見てやり度いものだ。けれども僕には、そうしたアトモスフェルに関心をもつ彼女が、それが彼女の日常とかけ離れて居ればいるだけに好もしいしみとなって僕の思いのなかに遺ってしまいます。

★

僕のイギリス風のデスクの上に、僕の熱愛するイタリイ産の長剣が交叉しています。この弾力と言いバランスの加減と言い、またその華麗な装飾に依っても名だたる名匠が心をこめた名作であることを誰一人として拒みません。長剣を手にして僕は黎明の気配のなかに一本の焔のように冴えかえった光りの前に疲れてしまいます。そしていつかは、この長剣と共に僕の運命が封じることを予感します。僕は空間に強くそれを振ります。僕は幼年の頃より一人の優れた剣師に依って与えられたそれは石膏の円盤を砕かずに貫通する程に練達した技術が怨恨のように僕の骨髄に滲み亘っています。

この嫌悪すべき僕の余分、それはまたリカコに対する僕の精神のように僕を全く暗黒にするのでした。しかしこの二つの極はその惨忍と寛容のために闘うのでしょう。その時こそ一本の線のように僕の運命は終る時です。僕はプロスペル・メリメに捧げられたP・M倶楽部員です。この騎士道を慕うストイックによって作られたクラブの吉例として興行されるフェンシングの試合に僕は敗れました。リカコは疾走するセダンの中にアブデュラの烟の層を作るのに倦きて、煙の敗北に不服を洩らすのです。来年の春まであなたにはナイトの資格があたくしにございませんわ。僕はいく度かの躊躇のあとで話します。僕は試合では敗れた。だが、あれが決闘場か戦場であったら、僕は薄い手傷に過ぎないのです。それに引きかえてあの男の生命は完全に僕が取っているんだ。彼の剣は僕の肋骨の上の皮膚の下を辷ってしまうか、甲冑に瑕をつけるだけなのです、僕はあの瞬間に剣を持ち代える丈けの冷静さを失わなかった。僕の剣は敵の心臓と直角の位置にあった。あの一刺しは敵を倒すに充分だったのです。僕はその時に彼女の腕が嫌悪に顫えたのを知っています。僕はそれ以後、リカコの眼から長剣を隠しました。僕はそこにゲンズボロオの美しい肖像を掛けました。そして甲冑の位置にグロキシニヤの花瓶を置いたのです。

★

しかし彼女と僕とのキャタストロフは永遠に来ることなく死のために未完成に終るでしょ

う。沈鬱なある日僕が長剣の手入れをしている処に折悪しく彼女ははいって来ます。いつものワルプルギスの手術がすむと彼女は僕の傍に来て言うのです。野蛮ねあなたは。酋長メリテタリ*って貴方のことかも知れませんわ。僕は酋長メリテタリが何であるか知りません。然しそれが辛辣な意味を持った侮蔑であることだけは明瞭でない丈により強く信じられたのです。僕は思わず剣を彼女に着けました。この剣はそういう生意気な女を一刺しにすることも出来るんです。僕は自分の言葉がいつの間にか真剣になっているのに驚きました。あなたにしては上出来ね。とても真剣なお顔よ。僕は殺して了うつもりだったのかも知れません。幸か不幸か剣は彼女のコルセットを縫って尖先が書物棚の彫刻に突き刺ったのです。びっくりするじゃないの、あなたのお顔が真蒼よ。弱虫ね。僕はドアを開いて部屋を飛び出して行きました。彼女は、遇然の倖を僕の剣技の鮮やかさに帰しているのか、それとも死を以ってしても克服することの出来ない程に僕に対して深い怨恨を何の理由から抱いているのか、僕が永遠に解く事を知らないとすれば誰が解き得るのであろうか。彼女は僕にやや遠く今日も長椅子の上にアブデュラの煙を上げているのです。血のように赤い靴を土耳古絹のマフの中に埋めて、高慢に無邪気に怨霊のように、憂悶の滑らかな鋲を僕の後部に打ち溜めながら、そして小栗の一族の最後の一人である僕が憂愁に衰えつつやがて全く滅亡に行くのを水晶の焔のように笑殺するために？

青　葉

生籬に沿って曲るときに、ふと手にして来た、青い葉の一枚を、唇に触れたとき、心のなかを、言いようのない恐怖が、水晶の箭のように鋭く過ぎ去って行くのを感じて、私はアスファルトの上に、突然に立ち上ったのだった。そして私は心臓の激しい呼動を静めるために、溺れる人がするように、非常に顔を仰向けて、睫毛の網のなかに、閑寂とした五月の街と空を見、そして私の前後を確かめたのだった。けれども、そこには、コンクリイトの、極ありふれた様式の塀と、その塀の中での生活を思わせる庭木の上部と、平凡な破風の一端を見るいがいに、私の心を乱す異状な秩序や物質、あるいは色彩や人物と言ったようなもの、つまり街にはそぐわない、特殊な状態、そう言ったようなものを、何ひとつとして見きわめることが出来ないのだった。そして私はそれが如何にも、心に静けさを与えるものであっただけに、却って、私には不安がより強くつのるのだった。

すでに私は、歩いているのだった。漸く平静にかえろうとする、心臓の呼動を感じ乍ら、先刻の、不可解な怖れに対しては、執拗な分析と綜合を、際限もなく試み乍ら、幾つかの街角を曲り、そして幾つかの街区を過ぎ去って行くのだった。しかし乍ら、先刻のあの強い印象となって、私の頭のなかに凝固したかのように消え去らない、そうした刹那の心の状況、つまりそのとき、私の頭のなかに泛んでいた考えや、イマアジュなどを思い出して、そのなかに潜んでいる筈の、あの斧の一撃にもたとえることが出来るような、強い衝動、それは一瞬間にさえ過ぎなかったのであったが、私の精神のあらゆる機能のシステムを、混乱させるに足りたそれが、果たしてどんなものであったか！と言うことを確かめるために、私はその日、その時間に、訪問する筈になっていたマリコの屋敷の前を、アスファルトの街路から玄関に、一直線に続いている石畳と、芝生と、その日私が、マリコと向いあって話す筈になっていた二階の、マリコの部屋の窓に、白いレエスの窓掛が微風に顫えているのを見つつ、彼女の家の前を、行き過ぎて了うのだった。

と言うのは、私がマリコの部屋で話しあって居るときに、何かの行きがかりから、あるいは何かの行きがかりを利用する愛情の強い衝動から、不意に接吻するような破目になる場合があったとしても、マリコはもう、決して、頬を紅くしたり、躊躇したりしないばかりでなく、（まあ図図しいわね）とか（お馬鹿さんね）とか、日常茶飯の事柄に向っているかのような態度や、穏やかな微笑などをもって、それを受ける程に、おたがいの愛が習慣化し、常識化して了った程に、そんなに永く続いて来た、というような恋愛の経験を持った人でない限り、私のそうした心の動きなどは、定めし不自然な、また冷淡なものと見えたかも知れないのだった。

★

マリコの屋敷の前を行き過ぎて、私は歩いて行くのだった。だが、先刻からのかなりに長い、そして執拗な穿鑿《せんさく》にもかかわらず、私はなにひとつとして、あの突然に起った恐怖感について、理解することが出来なかったばかりでなく、その発見の端著すらも得ないうちに、さき程マリコの部屋に行かなかったことが、非常な圧力となって、私の心の集注を、見るみるうちに打ち砕き、分裂させてゆくのを感じるのだった。この不意に起って来た、新しい焦燥の、避け難い、根強い、繰り返しに、私は改めて全く驚くのだった。

しかもその焦燥が、恰も先刻の、理由の解らない恐怖感と化合して、一層激しく、急速に、漠然とではあったが絶望的な思惟の方へ、私を導いていることが次第に、明瞭なものとなって行くにつれて、私は殆んど、途方にくれてしまうのだった。

私はいまマリコの部屋に向って引返しているのだった。《マリコ》何心なく、いつものように私がマリコの名をつぶやいたとき、何かしら重い部分が突然に脱落したかのように、バランスを失った思考が、さっきとは全く異った、私がかつて只の一度さえ思い及ばなかった部分に向って、滲み拡っていったのだった。（そうだ。多分それだったのだ）と窒息する程の強い緊張のなかで私は叫んだ。そして先刻の恐怖感や焦燥が、全く同じ原因に根ざして居たこと、しかもさっきまでは、私の意識の下のあるもの、つまりマリコに対する深い、痛切な愛着が、あらゆる錯覚と転移とを利用しつつ、その反対の結果に導くところの一点を覆うために私の愛の潜在意識が採用した隠密な技巧に対する傷々しい思い、憐憫と言ったようなものを鋭く感じると共に、その新しい観念が既に、マリコの生活の花束の上に、容赦のない、植物学者の眼をもって展開させる冷徹な審判に対して、最早や盲目であることが私には出来ないのであった。

★

私は、マリコのなかに発育し始めた処の何ものか、それは私に取って決定的に不利な何ものかを、鋭く感じるのだった。それらは夥しい努力と記憶力の虐使に近い、微細な事柄に到るまでの回想への、穿鑿と新しい秩序立ての結果、いよいよ確実なものとなってゆくばかりでなく、最早や取り戻すことが出来ないまでに、深い亀裂が氷結した湖面を縦断して了っていたのを、否むわけにはゆかないのだった。そうしてマリコが、どれ程に巧妙に、機会ある毎に、それに就いて表現することを忘れなかったばかりでなしに、その表現に周到な秩序をあたえ、次第にそれに正確さを与えつつ、彼女の口をもってすることなしに、多分、私の愚かな疑惑が、はからずも悲劇を生んで了ったかの様に、私に意識させるまでに精巧に組み立てられていることに考え到って、私は慄然と歎息するのだった。それらは、不意の冗談の中の告白や、嫉妬とみせかけてする冷淡な態度、による倦怠の自白だった。《あたしは無頓着に本統のことを言うものだから人は嘘だと思うのよ》マリコはこうした暗示のもとに、N氏がマリコを頻りに訪問したがっていることを、さり気なく話すのだった。《R氏を知っていらっしゃる？　そのR氏がこんな噂を仕ているのですって、その人がM氏の家に行く度にあたしがN氏の処に行っているって、馬鹿にしてるわね》この大胆にして細心な、数学的であると同時に詩的な瞞着の方法は、エドガア・ポオの小説の何かにも確かに書かれてあったように記憶する、最も危険な状態にその問題の中心を晒すことに依って、危険を中和させ、消滅させるところの、非常に知的な犯罪の方法に酷似しているのだった。マリコの言葉は早晩起る筈の噂に対する準備か、さもなければ既にそうした噂に価いするだけの行動を実際に仕ているると共に、私と彼女との恋愛の消滅に対する願望を露骨に現していたのだった。

私はこの短い、しかし重要な会話が、かつてマリコの古典的なテイブルの上で交わされたとき、不思議な衝動を受けたことを想い出し、その日の帰途、私を暗く覆っていたメランコリイの原因を理解したのだった。《ロオレツなマリコ……覚えておいで。僕は、そうはさせないだろう》

私はマリコの家の玄関に向って、石畳の上を進んで行くのだった。そしてほんの十数分間以前には、マリコのすべてを心から愛し信頼する、忠実な私として、彼女の屋敷の前を過ぎて行った事実すらも、最早や遠い過去の出来事でもあったかのように、哀しく懐しみ乍ら、絶望的な興奮にいどみかかるかのように冷やかに、ベルの釦を強く押したのだった。

★

アネモネの咲き乱れた鉢を前にして、私はマリコの部屋のなかに、蒼然と孤独なのだった。《寒かない？》私はマリコのそうした気の弱さがさせる狼狽を、可憐なものと思うのだった。そうして出来る限りいつもの様な私であるために、非常な忍耐と努力とを浪費しつつ、ラグビイや彼女の新しいスタンドのデザインに就て、出来る限り平凡で、しかも長々とした感想を述べることに、悲惨に近い、あ、それは悲惨いじょうの、一個人の人格とか、教養とか、そうした後天的な習練が一個人に与えるところの運命とか、宿命とか、そうしたものが本質的に持っている処の、悲劇的な経路を、眼のあたり見ている者の痛切な心をたたえて、蒼然と孤独なのだった。《そうよ、全くこのスタンドは希臘的だわ》《スタンドばかりじゃない、今日は君の表情もずいぶん希臘的だし、このアネモネの花と言ったら全く希臘的だな》《それに今日の紅茶茶碗とスプウンもずいぶん希臘的だって仰在ってごらんなさい》《僕は心にもないことを言うのは厭なんだ》《あらそう。あたしはいつも心にないことだけ言っているわ。本統よ》《多分ね。足の長い王子様にもそうなのかしら》《なあに、それなあに？あなたの足は長くはないわ》《全くね。僕の足は短い。しかし僕の望遠鏡は長いので随分と遠い処まで見えてるわけだ》けれどもマリコは、謎々めいた言葉を、いつもの自嘲癖と見てとると、いかにも満足して言うのだった。《あなたの望遠鏡にはネプチュンが見えるのね。そうでしょ。だからあなたは倖な王子さま。あたしは不倖なのよ》《そう！》《本統よ。つまらないわ》私はこの、マリコが不用意に投げた一句のなかに、彼女の思いあたった真実の声を聞いたのだった。どうすればこの人から平和に遁れることが出来るかしら——と言う彼女の真実の声を。

夕暮れがいつか窓のレエスを薄紫に染めて、微風がそれを、アネモネの花弁といっしょに、静かに揺っているのだった。私はその衰えた光線のなかに、マリコの妖しい微笑と向いあって、彼女がかつて約束を果たすために、机の曳き出しから取り出して来た、私のために造って置いた刺繍、青い地の緞子の上に、白くマラルメの「扉《アバンタイツ》」の詩を浮びあがらせた壁掛に眼を落し、そしてなお消え去ろうともしない疑心と怨恨とに対して、またそうした疑心を起させたところのマリコの顔にまのあたり見る、理解し難い、愛情に充ちた微笑と向いあって、私は懺悔とも憤怒ともつかずに、しかも、それらよりも一層に切実な心から唇を深く噛みしめたのだった。

背中の街

＊

東京湾の微風が涼しいダンテル*のような感触を皮膚にのこしてゆく夏の銀座の夜。僕は水着のマヌカンのあるショオウィンドオを眺めるのが好きだ。セルリアン・ブルウの海とシルヴァ・ホワイトの雲。そしてすべてが出来たてのポエムのように新鮮に光っていて、淡いペンキの匂いが漂っている。そして僕はそこに新しい時代のリズムとムウドとを感じる。

＊

夏のある晩、僕とリミコは一本の感情の線の上を歩いていた。
『言って御覧なさいよ。あなたがどんなビジネスを持っているのかをさ』
すると彼女はいつも答えるのだった。
『あなたはもう私が退屈になって？』

『熱い沙漠へ行ってすっかり落ちつくまで、じっと其処にいたい』

『なあぜ?』

『そういう質問は無意味です。これはメリメの手紙の一節に過ぎないんだから』

＊

仕事なんかありません。しかしすべてがまた仕事だった。

＊

僕はリミコを軽蔑していた。彼女が時に冷い女に見えたからだった。

『僕はね、煙草ひとつ飲めないような、そんな平凡な女は嫌いですよ』

『そう? でも私は煙草を喫うといやな事がたった一つあるの。でなかったら、私の指はとっくの昔にヤニ色になっていたわ』

こうして彼女は、僕の煙草を非難するのだった。

＊

夜のプラタナスが夏を吹上げている——青いビイルのように。

『あなたと僕の——そうでしょう? 僕とあなたとのアムウルも、随分とながく続いた』

『三週間もよ』

『そしてこれから先、いつまで続くか解らない、悲劇の様にね』

『だんだん流行からは見はなされながら――でしょう』

『よそうよ。自由になろうじゃありませんか。自由――そこでは希望と不安とがいり混り、絶望と不意の幸運が隣りあって坐っている。それはあなたと僕とが、また這入って行く新しい世界のことです。二人の人間が一つの世界を半分ずつ呼吸しあって生きているなんて賤しいことですよ』

『そうなのよ』

『では僕の考えに異議は無いわけですね。ではさようなら。僕はこちらへ歩いて行くんです』

『さようなら』

　こうして彼女と僕達は別れてしまった。

＊

　僕はまた夏の真昼の街が好きだ。燃え立つような白いスカイスクラッパアの街。僕は夏の女の皮膚の上のスミレ色の影が石竹の香いをしていたと憶い出したことがある。僕は永い間その僕の感覚の移民地《コロニィ》を愛していた。

＊

『あなたね？』一週間にもならないうちに、リミコは電話をかけて来るのだった。

『こんにちは』

『あ、ごめんね。僕が悪かったんだ』

こうしてまた夜を、無情さのなかにどれだけの優しさを表現することが出来るかを研究するために僕たちは歩くのだった。

＊

「希望は」とピエル・ルイスは言う。「希望は歓びよりはもっと楽しい。だが、悔恨は希望よりももっと楽しい」と。

＊

『噫、なぜあなたはそんなに冷淡になさるの』

『男のする理由の知られない冷淡な仕打ちに対しては女は反逆するか憧れるより他に何の術も知らないものだ、と僕は思わない。ただ、僕が冷淡に見えたとしたら、それはきっと神々に嫉妬されるかも知れないのを怖れていたんですよ』

＊

いかに現実と夢とが言葉のなかにまじりあっている事だろう？

＊

僕はまた街でアミのために手紙を書くのが好きだ。午後六時すぎの、落ちつかない、へんによそよそしい茶房のテイブルの上でそそくさと、きれぎれに、無意識と半意識とが、誠実と虚偽とが意識と意識とのすき間を縫って僕のアムウルを支配するのを感じながら、またそれに執われることのない気紛れな、投げ遣りな僕は誰なのか。

＊

また再び夜が来る。海のショオウィンドオが光り、涼しい微風が頬を吹いていく。

＊

La vie est bien aimable

＊

Pourquoi suis-je si belle ?

＊

すべての壮厳と偉大を越えて、人はいかに美と愛のために苦痛と不安に耐えることか。あるいはまた。またあるいはまた……。

＊仏語訳は本篇の習作らしき「頬の日曜日」（註七〇頁）参照

猟

毎年、猟期が終るころになってから、足下から鳥が飛び立つように、私はそそくさと武蔵野に出かけて行く。あり合せの丘や沼で、言わばあり合せの鳥に向ってマイルストン銃をひびかせるのだった。

犬一匹つれないで、しかも口径三十番の単発銃で一体どんな獲物があるのだろうか、無論聞かれ度くない質問のひとつなのである。しかし私は充分にみたされた猟人の一人であることを自任している。それは私が自分の銃が持っている性能を理解していると言う事なのである。それは撃鉄や装弾法の事ではない。銃の相手を選ぶことなのである。相手が悪い時はさっさと銃を担いでドングリの林を出て了う事なのである。

呼子を吹き鳴らし乍ら陽あたりの良い枯れ薄の中に寝ころがって獲物を待って居る一時は、私には甘い好ましい一時なのである。既に雑草はビイズのような芽を吹いていて、その草の根を銃床で現ともなく掘りかえしては呼子を吹き続けているとつい自分も小鳥になって了う。すると鳥達は自分から銃口へ集まって来る。さもなければこちらから出かけてゆくばかりだ。

晴れたある暖い日であった。私は吉祥寺駅を降りて、吉祥寺公園を横切って雑木林の中にはいって行った。このあたりは未だ昔ながらの武蔵野の野趣がそのままにのこされている森や林が繫っていて鳥も兎も非常に豊富な一角なのである。国木田独歩や大町桂月などの文豪が歩いた武蔵野はどの方角なのであろうか、しかしこのあたりは茨と蔦が濛々とはびこってとても文人の散歩には適しそうもない荒さを持っているようだ。けれども地の上に群れている笹の葉や、その上で赤く顫えている茨の実などは菱田春草の絵のように艶やかに冴えて燦いていた。

例によって呼子を吹き鳴らしながら、私は雑木林の曲りくねった熊笹の道をくだっていた。日差しをみるともう正午はとっくに過ぎたらしく、雲の色も鈍くなっている。そして軽い疲れた空腹がいつか私を無精にさせたらしくさっきから一羽の山鳩と二羽の鶫《つぐみ》をみすみす逃してしまった。しかしそれにしても十時に吉祥寺駅で下車して、二つ三つ林や森を越えてこの雑木林にはいったわけであるが、すくなくも三時間はこの雑木林の中を彷徨っていたわけである。けれども雑木林はますます深くなって行くばかりで白菜の畑もネギ畑も一向に見あたらないと言うことが私を不審がらせ、そして不安にした。私の経験に依ると、武蔵野の雑木林はたいてい二十分かせいぜい三十分で畑の中に踏み込んで了う小さなものである。しかしとに角く腹を満してからゆっくりこの得体の知れない雑木林を調べてやれと言うことに決心した。

熊笹の道を下りきるとそこは小さな盆地になっていた。その盆地の中程に約十台程の楢や櫟《くぬぎ》などに囲まれた空地が出来ていて美しい芝生が天然の食卓を提供していた。私は茨と蔦を踏み分けてその柔らかな芝生の上に銃と獲物を置くと、いきなり帽子を脱いで仰向に寝ころがって早春の眼に沁みるような青い空を見た。頬白がこの危険のない猟師の周囲でしんしんと啼き出した。私はこの小さなみすぼらしい牧歌詩人の小鳥を決して害したことがない。それはこの小鳥の歌声が何とも言えず単純で好ましいばかりでなく、その人懐つこい性質は山で一日を過したことのある者だったら誰もが肯くことであろう。ともあれ私はこの世にも有難い食卓でチイズと卵のサンドウィッチを頬張り乍ら、漸く元気を回復した。けれどもリュックサックを着け、銃を執って立ち上ったとき私はあやうく叫ぶところだった。と言うのは私から数歩離れた雑草の中に白孔雀の無惨な死骸が横たわっていたからである。しかもその誇りかな首は嚙み去られていて、美しい羽根が忘られた日傘のように茨の上に拡がっているのだった。こうした惨酷なやり口はいつも犬や猫の仕業ではなくもっと兇暴な奴である。それは胸の一撃を一眼見ただけでも充分に判断されるもので、多分狐の仕業に違いないと私は断言してもよい。しかしそれにしても、この白孔雀はどこから運ばれて来たものであろうか。

ともあれ私はその盆地を横切って櫟林の中を爪先上りに登って行った。それははやくこの奇怪な雑木林から出て了うことと、あわよくば白孔雀の出所を探し出してみよう、と言う新しい欲望が含まれていた。しかしその冀《こいねが》いは決して無駄な願いには終らなかった。というのは櫟の林を登って丘づたいに暫く行くと、丁度丘の真下を一台の白塗の電車が静かに音もなく走って行った。しかもこの白塗の電車は回教徒の寺院に聳えているような球型の二つの小さな塔を前後に持っていて、その塔の先端がポオルの役目をしているらしくスパアクの青い閃光を夕暮に近い衰えた光線の中で鮮やかに見ることが出来た。それから約五分間も歩いたであろうか、鬱蒼と繁った椿の林から一歩踏み出したときいきなり巨大な球が中空に揺れて居るのを見て私は思わずマイルストン銃の曳金に指をかけて立止って了った。それは夕日に燦然と、計り知ることの出来ない巨大な真珠のように燦いていた。けれどもこの奇蹟の真珠は一個ではなかった。太陽を囲繞する星のように大小数十の真珠がその最大の真珠の接近に位置して燦いていた。しかしそれは単なる輝やかしい球ではなかった。それはあの「アラビアンナイト」や「ルバイヤット」の挿絵に見るようなアラビア風の一群の塔であった。さっきの白塗の電車がそれらの塔を縫って静かに音もなく走っていた。私はこの不思議な街が武蔵野の一隅に何時頃建設されたのか不幸にして知らない。しかも今ではその街がどの位置にあるかさえも知らないと言うより他に術がない。なぜなら、私はその後、幾度かマイルストン銃を担って吉祥寺駅から出発したのであったが、それとおぼしい雑木林も、勿論あの美しい芝生の食卓も二度と再び見ることが出来なかった。かてて加えて、私にはあの「オディセイ」の作者や「阿房宮」の作者のような卓越した表現力もない。ただ黄昏れて行く武蔵野の斜陽の中に奇蹟の真珠のように照り映えていた一群の塔を前にして、今一歩進んで調べる事なしに、引返して来た私の「あすありと思う心」を果しもなく悔いるより他に仕方がない。

私は櫟林を馳せ下りてどこをどう行ったものか青梅街道の土煙の中を歩いていた。そして折よく通りかかったトラクタアの野菜の上に身を横えて、ふと過ぎて来た方角をみたとき私は思わず上半身を起したのであったが、宵闇の武蔵野の空には上弦の月が悠々とかかっているばかりであった。こうして私は野菜運搬車の新鮮な匂いの中でいつかぐっすり眠って了った。そして新宿の雑踏の中で眼を覚したのは意外にも未だ午後七時前でしかなかった。

煉瓦の家

ま水のような朝の風が樅の木の梢を吹いていた。繭子は羊歯のなかを歩き乍ら、ポケットに秘めたコルト拳銃の重量を感じた。ツァイスの双眼鏡のケイスが頻りに前の方へずれて来た。パアマネントの髪がギャバディンの登山帽からはみ出していた。そして褐色の登山帽の下には彼女の形の良い頤が汗ばんでいた。美しい眼はサン・グラスのために灰色のカアテンをかけていたが、時折口笛を吹く唇はキュウピッドの弓のような美しい曲線だった。

九月と言ってもS地方の山々は真夏だった。繭子はとある岩の上に腰を下して右手の方に聳えている一つの頂きを仰ぎ、双眼鏡を調節した。するとその山肌の灌木の葉が風に靡くのが鮮やかに見えた。一本の巨大な樅の木の近くに煉瓦造りの小さな家がなかば蔦に埋れて建っていた。その煉瓦の家から一条の不規則な径が麓の方へ続いていていた。

繭子は数年来、その煉瓦の家に好奇心を燃やして居たのだった。その家は三キロ計り離れた彼女の別荘の正面に謎のように建っていた。彼女はロオンの上に寝椅子を出して、退屈になると、その煉瓦の家を、ツァイスの双眼鏡で観察した。しかしその煉瓦の家は決して彼女の好奇心を満足させるような変化を見せることがなかった。然しある雨の翌日のことであった。彼女がふと双眼鏡に眼をあてると黄色いシャツを着た、一人の青年がその家の前で頻りに歯ブラシを使っていた。これが後にも先にもたった一度彼女の眼に触れた煉瓦の家の生きた姿だった。否そうではなかった。彼女はもう一度その煉瓦の家の生きた姿を見た事があった。しかもそれは極最近のことであった。ある涼しい夕暮だった。彼女はネムの樹の蔭の寝椅子の上でモンテエニュの『随想録』を読んでいた。すると突然強い光りが彼女の頰を射るのを感じた。彼女はいそいで双眼鏡を取り上げると、その煉瓦の家にピントを合せた。見ると一つの窓が開かれて、そこで一人の男が髯を剃っているのだった。多分先刻の光りは、偶然鏡を動かした刹那夕陽に反射したのであろう。彼女はいきなりモンテエニュの本を投げ出してあまりにもリアリスティックな日本に大きな欠伸を一つ進呈した。しかし彼女に煉瓦の家の探検を思い立たせたのはこうしたリアリズムのせいであった。先ず煉瓦の家に危険が無いものと見きわめが付くと、彼女はいきなりあらゆる危険をその家に予想することにした。そして更に冒険心を一層刺戟する為めにコルト拳銃をそっとポケットにしのばせた。そして煉瓦の家探検に出発した訳である。

繭子は岩の上に立って、今一度煉瓦の家を探検家の精密さを以って詳細に観察した。しかし結極何も変った事を発見するには到らなかった。

太陽が高くなるにつれて山は一層暑くなって来た。それは彼女にとってコンゴを歩いているジイドの暑さだった。汗がひっきりなしに頰を流れた。羊歯の径はS字型やW型を描き乍ら峻嶮を極めていた。其の時不意に羊歯の葉が強風にあおられた様に靡くと二メエタア程もある赤楝蛇《やまかがし》が疾風のように羊歯の上を滑って行った。それは勢《いきおい》よく投げられた一本の槍のように全身を一直線にしなわせて羊歯の葉の上を渡って行った。彼女はポケットのコルトを出すと引き金を強くひいた。しかし安全装置を外すのを忘れた為めに鳴らなかった。彼女は鳴らなかったコルトを握って全身蒼白となって暫く径の中央に立ちすくんでいた。

それから二十分の後に彼女は煉瓦の家の前に立っていた。門に掲げられた長方型のプレエトには『山椒魚養殖場』と書いてあった。山椒魚養殖場は山腹の突起を利用して思ったよりも広い場所に建てられている。

繭子はプレエトを見ると門の中へ這入っていった。参観を申しこむと一人の長身の青年が出て来て浅い水槽のなかに沈んでいる夥しい山椒魚を紹介した。その水槽は山椒魚の大きさに従って幾つかに分けられていた。一ミリ程のものから、最大のものは五十センチを越えるものもあった。岩の間から滾々と湧いて来る清水はその水槽に導かれて勢よく流れていた。

――この一番大きいのはすくなくも三十年はたっていますよ。
――何匹位居るんでしょう。
――これと同じ大きさのだけでも二百匹は居ます。

きく処に依るとこの養殖場だけでも年産五万円を下らないそうである。最後に青年は彼女をかえりみて言った。

――しかしそれにしても実に珍客ですね。ついてはこの養殖場の宝物を是非御目にかけたいと思うのですが、御覧になりますか。その宝物はこの養殖場の宝物であると共に、この山の主なのです。どんな動物でも同じですが、年を経た生物には何かしら崇厳なものが自然に備わって来るのですね。これは私達祖先が持っていた物質崇拝の名残がどこかに残っているせいかも知れないですがね。

その宝物は養殖場の庭を過ぎて少し行った岩壁の中にあった。十メエタア程の洞窟の奥は広い天然の水槽になっていて、そこには氷のような水が溢れていた。その青年は水槽の縁に彼女が立つと、ナショナルランプを渡して言った。

――水音のする方へ光をやって御覧なさい。

そう言って青年は暫く耳をすまして居たがいきなり強く手をたたいた。するとその手の反響に答えるように、丁度水際の大きな岩を動かす時に発するような深い響きを立てて三メエタア程の黒い物が水の中へ滑って行った。電気の強い光りは水槽の底に横たわっている想像を絶した巨大な山椒魚の全身を照らし出した。しかしやがて岩の蔭に隠れて了った。

洞窟を出ると、まぶしい光りが瞼を射た。

――三メエタアはありましたわね。

――そうです。多分四メエタア近くあるでしょう。もしかすると武田信玄の頃からあそこに住んで居たのかも知れませんね。

養殖場の明るい窓からは彼女の家が正面に小さく見えていた。彼女はそれを指さし乍ら双眼鏡を青年の掌に置いた。

――あれは貴女の家ですか。別荘ですね。去年あのネムの樹の下で読書しておられるのを見ましたよ。この冬望遠鏡を壊しましてね。すっかりお宅のことも忘れて居ました。この家を何だと思いましたか。ときどきは御覧になるんでしょう？

――毎日見ていますの。退屈するとこの煉瓦の家を見ることにしています。この間、髭を剃って居らっしゃいましたわ。それとも他の方だったかしら。

――勿論私ですよ。ここにはあの山椒魚の王様と用をする人が二人居るきりですからね。然し良く決心していらっしゃいましたね。蛇は居ませんでしたか。

――居ましたわ。慄えて了って。でもコルトがあるから安心ですわ。

——何ですか。しかし音がしませんでしたね。

彼女は安全装置を外すのを忘れたことを話すと、青年は言った。

——撃つ程の代物ではないですよ。その代りもっと値打ちのあるのを撃ってみましょうか。うまく当ればいいですがね。

そう言って、一本の栗の木をキッと見ていたが、いきなり轟然と引き金を引いた。すると一匹の巨大な烏蛇が谷間方へ凄じい音を立てて落ちていった。

——残念乍ら逃げられて了いましたよ。本当に当るとあんなに早く落ちないんです。枝にからみついていて、すっかり力が無くなってから落ちて行くんです。

——随分大きかったわ。

——珍しいですよ。

一時間の後彼女は青年に送られて峻険な羊歯の径を下って居た。前の方へずれて来る双眼鏡のケエスを後の方へたくし上げながら。

青ダイヤ

四月になると、街を吹く風が桜草の匂いがする。

ある晴れた美しい午後であった。私はいつもの様にブライヤアのパイプをくゆらせ乍ら、漠然と銀座の舗道を歩いていた。

その時、私は突然裏通りのとある店で買物をしなければならないことを思い出した。でふとそこにあった細い横丁を這入っていった。

銀座にはそうした細い露地がいくつかある。それはこの街に精通した者が大急ぎで裏通りへ抜ける一メエタアにも足りない細い通路なのである。私がその時偶然に這入って行った露地はそうした通路のなかでも一番細いものであった。私は殆んど体を斜にして蟹の様に歩いて行った。しかし暫く行くと私はトタンの壁にぶつかって了った。私は自分の軽率を後悔し乍ら引返そうとした。

そしてふと右手を見ると露地はカギ形に折れてまた続いているらしかった。私は引返すのを止めて、また蟹の様に歩いて行った。

すると間もなく横三十センチ、縦二十センチ程の小さな飾り窓の処へ来た。私はこんな細い露地の中に、そんな小さな飾り窓があるのを不思議に思ってのぞいてみると、その小さな飾り窓は三段に硝子の棚が付いていて、ぎっちりと指輪がならんでいた。

そのあるものはエジプトやアラビヤ風の簡素な細工のものであり、その横にはルイ王朝風の精巧なものが無雑作に並んでいた。そのどの一つを取っても多分誰もが垂涎おくあたわない水際立った出来栄えのものばかりである。私はその飾り窓の前に立っていつまでもその驚く可き傑作に見とれていた。

すると不意に細いドアをあけて一人の老人が顔を出して言った。

『お見うけするところ、指環が御気に召したようですね。しかしそれは大したものじゃありません。這入ってごらんなさい。御目にかけたい様なものも多少ありますよ』

私は老人の言葉につられて、その小さなドアの中に這入っていった。しかしその老人の店?はほんの二畳程もない小さなもので、二人が這入ると一杯になって了う程の仕事場だった。

『こんな処でお客様があるんですか?』

すると老人は笑って言った。

『ありますとも、まあ三月に一人位いはね』

私はそれ以上訊ねることを止めた。すると老人は仕事机の下から一つの箱を取り出して調べていたが、やがて三つの指環を私の前へ置いて言った。

『この三つの指環は私の生涯を通じての傑作です。この唐草模様の方は三十年近くにもなるかな、カリコスキイ公妃のために造ったものです。この石の神秘的な光沢を御覧なさい。青ダイヤの中でもこれは飛切り素晴しいものです。それにこの石一つのためにすくなくとも八十人の血が流れているのです。それからその隣りはトルコのサルタンのために作ったものです。

私はこの七つのルビイのためにコンゴまで行ったものです。しかしこの青ダイヤはさっきのとは又、別な一種悲愴な光りを持っています。これはアトランチスの巨人像の唇に嵌められていた百八十の青ダイヤの中の一つだと言う伝説を持っているものです。それから最後の青ダイヤは大震災の夜、私が焼跡から奇蹟的に拾ったものです。外の二つに較べると形も悪く、光りも良くはありません。しかしこの指環には秘密があるのです。このサファイヤの茨の実を引いてごらんなさい』

私は手にとってそのサファイヤの茨の実を軽く引いた。すると、青ダイヤが跳ね上ってその下に小さな空洞が出来ていた。そして空洞の中心にある小さなボタンを押すと、クラウン全体が複雑に動き乍ら一ミリ平方程のケイスがせり出して来るのだった。

『私がマタハリのために造ったのもこれと同じものです。彼女はこのケイスの中にイギリスのタンクの全秘密を入れてドオバア海峡を渡ったのです。これも亦何かの役に立つ時が来るかも知れませんよ』

『あなたは、ヨオロッパにいらしたのですね。しかしそれにしてもどうしてこんな処にお店をおつくりになったのですか』

　すると老人は手を振って言った。

『何故？　それは私にもわかりません。しかしいつか解るでしょう。いや多分解らないでしょう。永久に！　また思い出したら訪ねて来て下さい』

　そう言ってスタンドの光りを調節した。私はその後思い出す度に、その露地を探すのだったが、どうしても見付け出すことが出来ないのである。

　そしてまた四月が来て了った。

　そして私はブライヤアのパイプをくゆらせ乍ら、今日も漠然と銀座の舗道を歩いているのだった。

凡兆

京の雨

いく日降っているのか、もうそれを数えてみるのも億劫なほど京の町は雨に明け暮れる日が続いていた。それは雨というよりか霧と言った方がいいかも知れない。まるで髭のような細い雨だった。東洞院綾小路下ル町の一角は取り立てて言う程の特徴のある町ではなかった。古びた屋並が鬱々とした雨のなかに鈍く光っていた。

凡兆はさっきから隣の部屋で妻の羽紅が桔梗の根を刻む音をきいていた。毎年この季節になると風をひくものがふえ、そのために凡兆は医者として忙しかった。そのとき突然素読の声が町を流れて来た。凡兆はそのひどく間のびした「中庸」の文句をきき乍ら思わず笑って了った。

『次郎がよう覚えていやること』

そう言って羽紅が隣の部屋から立って来た。その足もとへ一枚の紙が落ちた。羽紅がそれ

を膝の上に取り上げると

　髪剃や一夜に錆て五月雨

と丁寧にしるしてあった。羽紅は暫くそれを膝の上にのせていたが、そっと机の上にかえすと『ほんに』と言って頰笑み乍ら茶器をとって台所へ立って行った。

凡兆の傑作

　市中は物の匂ひや夏の月

が生れたのはそれから未だひと月も後のことであった。

夏のスキャンダル

僕の非常に親しい親友どもに贈るコント

窓を展くと、空は晴れている。サックコオトを着け終ると彼は、曳き出しからコルト拳銃を内ポケットに移した。

七月の白昼、強い反射の中を、彼は口笛を吹いて行く。『巴里の屋根の下《ス・レ・トア・ド・パリ》』のメロディにすこしの狂いもない。

彼はとある河岸に出る。そこは華やかなストリイトが終る閑散な一角だ。彼は古風なビルディングの前に立ち停る。

一目で、そのビルディングが永い間、空家であったことが解る。入り口の扉の金具や、鉄柵がひどく破損して朽ちているのを見ても明瞭だった。

口笛がやむ。彼はいきなりピストルを出して、覗いをつけると、空に向って発射した。ピストルを内ポケットに入れる。彼は静かに歩いて行く。ス・レ・トア・ド・パリのメロディが、また彼の口笛となって続いて行く。

街角を二つ程折れると、賑やかなメインストリイトに出る。彼は珈琲店タンタジイルのテラスに登って行く。一つのテエブルを占める。

さっきまで荘重に豪奢に、空の真珠と燦やき渡っていた高空広告の二つの銀色の軽気球が、いまは全く衰えて、限界から墜ちて行くのを見やりながら、彼は満足そうに呼び止めた。

『ボオイ。…………レモンスカッシをお呉れ！』

初夏

須田町の交叉点を突切って、上野に向って一丁程行くと、省線のガアドがある。そのガアドを潜って右手の街を見るといい、それが所謂柳原と呼ばれている処の古着屋が軒並に続いている一角である。

ある晴れた晩春の午後であった。柚木は郷里から到着した幾何かの為替を現金に換えると、急にメルトンの冬服が重くなり、汗さえ滲んで来るのだった。彼は駿河台の坂を下りながら如何に有効に彼の資金を使用するかに就いて十一通りもプランを立ててみた。然し乍らすべては無駄であった。リカアドの経済原論を買い、下宿代を支払い、イニシャル附きのベルトを一本買うと、一ヶ月間コオヒイ一杯飲まないとしても颯爽とした初夏の上衣はおろか、フラノのパンツの片足にも足りない程の残額しか表われなかった。彼は汗ばんだメルトンズボンのポケットに左の手を突込んで、アスファルトの上に唾を吐いた。〈金を持つこと、それは憂鬱を持つことに他ならない〉と言う一人の友人の言葉をふと囁き乍ら、憂鬱そのもののように膨らんだ財布を軽蔑した。然し素晴しいヒントや意外なアイデヤは柚木のこういう憂鬱な心境を打開する為めに彼の幾分猫背になった背中を眼がけて全速力で追っかけていた。そして間もなく彼は沖田のダミ声に呼び止められて立ち止まった。

「いやな呼び方するなよ」

「赦せ、時に飯くうだろう。つきあえよ」

「飯だって」と柚木は空想の金銭出納簿から当面の問題にぶつかって思わず寝ぼけたような声を出した。

「おやすんだのか」　沖田は最う柚木の答えも待たずに向側へ渡り始めていた。柚木はずんぐりした沖田の背中を田楽刺しにするようなカン高い声を出した。すると沖田はのけ反るようにしたかと思うと、十八貫のボディを見事に廻転した。

「すまないが智慧を貸せよ。一寸」

柚木は駿河台下のスクエヤアを横切って三省堂の方へ歩き乍ら、バランスの取れない彼の慾望と彼の資金に就いて一通り説明した。

「君だったら、どうするかね」

「ふふん」と沖田は丸まっちい頤を引いて「訳はねえやな」と言った。

世にもあらかたな沖田プランなるものを御紹介する前に、柚木の下宿に就いて一言する必要がある。で彼は、故郷を持った大部分の学生がそうであるように床の間とは名ばかりの人造天然木の床柱をもった六畳の部屋を持っていた。麻布、龍土町と言えば聯隊があるので有名な町である。彼はその龍土町のある煙草屋の二階にそれを持っていた。大正以来、東京のすべての煙草屋には看板娘兼何々小町が居て郷関出の学生の空想力を刺戟する事になって居るが、柚木の場合も遺憾ながら大同小異なのであった。彼は彼女に恋を感じて居たかどうか、それは極めて曖昧であった。何故なら彼は足掛け十ヶ月もそこに落ち附いていたが、コンパクトもコティの香水も決して贈らなかったからである。処がその彼の彼女に対する淡白な態度がマダムの気をよくし夕食のハンペンのボリュムを大きくしたのだった。マダムは食器を片つけた茶ぶ台に熱い玄米茶の茶碗を置き乍ら彼に言うのである。

「柚木さん、明日はどこかへお出かけ、それとも御勉強」

「いいえ家にじっとしているつもりですよ。何かお手伝いをしましょうか」

「ありがとう、じゃ活動見にいらっしゃいません、丁度切符が二枚あるんですのよ、私は一寸行けないし」

「いいわね」と彼女は最中を真二つにへし折った。「あたし連れてって頂こうかしら。いけない柚木さん。ねえお母様」

「彼と彼女みたいに出かけるのは凄いな、行こうよアちゃん、相手にとってちと物足りないがまけとかあ」

「あら、あなたのことでしょう」

「直ぐ喧嘩腰になるのね」

と言った具合である。月やヴァイオリンの影でないかぎり恋の花などは咲かない方が良いのである。

★

柚木は沖田の無雑作な言葉をきくと鸚鵡がえしに言った。

「訳はないって、じゃどうするんだね」

すると沖田はいきなり不二家のドアを押してボックスにはいって言った。

「先ず喰おうよ」

「よし。でどんな風にやれば結極いいんだい」

「それはこうだよ」と沖田は野菜サンドウィッチの胡瓜を危機一髪の瞬間に靴べらのような

舌で受け止めた。

「繃帯と新聞紙を早速手に入れるんだよ。君は君の下宿に信用があるだろう。でつまり繃帯と新聞紙を手に入れるんだよ」

「君の言うことは全然非常識の骨頂だよ。繃帯だの新聞紙からフラノのサックコオトが採れるって言う手はないぜ」

「だから君はコシャマクレているくせに早呑み込みのビステキで果ては眼を黒白してサラダチしちまうんだぞ」

「まあ落ちつけ、どうも君はろくずっぽ舌も操れないくせに喋り過ぎらあ、とにかく繃帯と新聞紙は調えるよ、それからどうするんだ」

「あとは簡単明瞭、フラノでもホオムスパンでも御誂えになれると言うものさ」

「一向要領を得ないね。つまりどうしろってんだい。その繃帯と新聞紙でさ」

「ついでにヨジミチンキも買った方がいいかも知れん」

「いよいよ貴様気が違ったらしいや。でなきゃ僕が狂ったのかね」

「落ちつけよ。要するに此の際特に慎重且つ用意周到でなければいけない訳だろう。よしじゃ次ぎへ移ろう。君はリカアドの経済原論もイニシャル附きのベルトもフラノのサックコオトも手に入るばかりか君の下宿のマダムやそれから彼女、何て言ったっけね」

「アちゃんだよ」

「そのアちゃん達の心からの同情とを得ることが出来るんだぜ。つまりこうなんさ。下宿代から七円ばかり失敬するんだよ。でその申し訳に例の繃帯と新聞紙とヨジミチンキが生きて来るんさ。そいつを使って左の腕を包装してね。途中でトラックか電信柱と衝突した事にするんだよ。来月になれや訳なく何とかなるさ」

「然し」と柚木は紙ナフキンの上の最後の一切れを摘み上げた。「七円ぽっちじゃズボンも買えやしないよ」

　すると沖田は同情と軽蔑と羨望をプラスしてガッカリで割った様な顔を柚木の鼻の先へ突き出して言った。

「それや誂えちゃ駄目さ、ツルシも見込みがねえ。だが仕立のいい奴が訳なく君のものになるんだよ。そこで僕が一層重要になって来るんだ。じゃぼつぼつ出かけることにしようぜ」と沖田は立ち上った。こうして彼らは須田町の交叉点に向って歩き出したのだった。この小説の最初に紹介して置いた街の方へ。

レグホン博士のロボット

仏蘭西製の、たとえばコティだとか、ダンディ・ドルセエだとか、そうした有名な香水店が、世界の街々に売り出す高価な香水の、宮殿のように美しい香水瓶に、扉《ドア》を付けたとしか思えないですね。と或る少年詩人が言ったという、フルーロンコーヒー店には、いつも面白い話、世界の美しい港や王国の話が、黒檀の円いテーブルを囲んでいる顋鬚《あごひげ》の長い紳士や、頭の禿げた、手風琴の上手なお爺さんなどの口々から洩れてくるので、そのフルーロンコーヒー店に、お菓子やコーヒーを飲みにはいって来るお客さんの耳には、本統に珍しくきこえて来るのでした。そのために、フルーロンコーヒー店には、いつもお客さまが一杯に詰めかけていて、身動きさえも出来ない程の満員なのです。

その美しくて珍しい話で一杯になったフルーロンコーヒー店に、或日のこと、それは午後三時すぎ、フランス人でもない、ドイツ人でもない、アメリカ人でもない、スペイン人でもない、天国から、こっそり抜け出して来たのではないかしら？としか思えないような美しい少女が、銀色のスカアトを光らせて、水晶の靴をはいて、その白い、細い指先きに、真赤な紙で巻いた巻煙草をはさんで、青い絹糸のような煙を、桜桃《さくらんぼ》のような、小さい、あどけない唇から吹かせては、その可愛らしい水晶の靴の踵で、フルーロンコーヒー店の、鏡のように光っている床を、こつこつと、それはその美しい少女の癖なのでしょうけれ共、つまりこつこつと鳴らすようになってから、そして、

『あのキャフェをちょうだい……』

などと、その美しい少女が、澄みきったガラスのような声を、少し顫わせて、コーヒーを取る時には、白い服を着たボーイさんはむろんのこと、きのうコック見習として傭われて来た北国生れの、薄汚い少年さえ、スプウンやフォオクを磨くのを忘れて、立ちあがって、ぼんやりして了ったと、そこのコックさんが話した程に、そんなに、その少女の声は美しく音楽的なものでした。

★

それからは、毎日のように、フルーロンコーヒー店に、その美しい少女が赤い巻煙草をくわえて入って来るのでした。そしてコーヒーを飲むと、何時の間にか、どこへともなく帰っ

て行くのです。そして誰もがその少女の名や家《うち》を知りたく思ったのですが、誰一人として、それを知った人はないのでした。

夜には、ネオンサインや、ショーウィンドオが、フルーロンコーヒー店のある街を、花園のように美しく飾ります。その街では、誰一人として、星や月を見ないのです。それは星や月よりも、ネオンサインや、ショーウィンドオの方がずっと美しいからでした。たぶん、街の人たちはそう思っていたのでしょう。その証拠には、月や星のことを話すと、皆がきっと笑うからです。

『なんて君は古くさいのだろう！』というのです。

ある日のこと、フルーロンコーヒー店の円いテーブルで三人の人が、チョコレートの銀紙で、小さな銀のコップを造り乍ら話していました。

『いったい君、その美しい少女の家は解ったのかね。それともどうなのかね？』

すると、その訊ねられた一人は、がっかりしたように手を振っていったのです。

『それがね、とても駄目なのだよ。火曜日の夕暮だった、ある街角で出逢ったのさ。こんどこそは、少女の家を確かめてやらなくちゃ——と思って、廻れ右をするがはやいか、シャロック・ホルムズのように追っかけて行ったと思い給え。だが、やっぱり失敗しちゃったんだ。あの美しい少女は、まるで流星のように、競争用の自動車のように速いのだよ。二十メートル程追っかけて行った時には、五十メートルも遠くへ離れてしまったのだ。そしてあの銀色のスカートが遠い方でぴか——と光ったと思った時には、最う何処に行って了ったのか、さっぱり解からなかったねえ。何て速い足だろう！』

そういって、その男はソーダ水をがぶがぶと飲み始めました。そして深い溜息をもらし乍ら、もう一度繰返していうのだった。

『君、あの美しい少女の名を知ろうとしたり、家を見ようとするのは止した方がいいね。あれは化物かも知れないからね』

★

それから三週間程たって、ある日のこと、有名なレグホン博士が、フルーロンコーヒー店に、あわててはいって来ました。そしてフルーロンコーヒー店の主人をつかまえると、どなるような大声で、大急ぎで尋ねたのです。

『君、もしあなた。その最近に、金モールの髪の毛をつけた、ガラスの靴をはいた、そのつまりゼラルミン製の、つまり機械がです。いや君、その機械には間違いはないんだが、その人間が錆びついて困るんですよ。どうも断っていただき度いんだが、是非ことわって呉れ給え！　でないと後一月もすると、すっかり壊れて了うんですよ』

けれども、フルーロンコーヒー店の主人は呑気なので、これは多分、アイスクリーム製造機械をこさえている会社の人だと考えたのです。それでレグホン博士にいいました。

『いいえ、とんでもない、この冬の真ッ最中に、アイスクリームの機械なんぞ売りに来る人なんかあるもんですか。それにフルーロンコーヒー店には、素晴らしい電気アイスクリーム製造機械があるってことは有名なんですからね』

『なんですって、馬鹿な――』

と、レグホン博士は主人の言葉をきいて、あきれたようにいいました。

『何んですって、こんちきしょう！　誰がアイスクリームの機械のことなんかいったい！　べらぼうめ、金モールの、その、その、とても精巧を極めた、前代未聞のラジオで走るガラスの靴のことをいってるんだ。是非こんど来たらことわって呉れ給え。いいかね、君、わかったかね。絶対にことわってくれなくちゃ困る！』

そのとき、丁度そこに来あわせていた、シシリアン・バタカップ氏が、椅子から立ち上って、喧嘩をしようと、ステッキを振りあげているレグホン博士にいいました。

『有名なレグホン博士はあなたですね。僕は新聞の写真でよく存じていますよ。いったいこのお話は何のことだったのですか。どうか静かにお話しになってはいかがです？』

と、いって、レグホン博士を円《まる》テーブルのそばに引っぱって行きました。で、博士は、オレンジエードを一杯飲んで、落ちついてから、静かにシシリアン・バタカップ氏に話したというのは、だいたいこんな話だった。

★

レグホン博士が、殺人光線の研究に失敗した口惜しさをまぎらわせるために、ロボットの研究を始めてから、七年の月日が過ぎてしまったのだ。そして、やっと最近に造ったラジオ・ロボット、つまりラジオによって、自由に、どこまでも一時間五十マイルのスピードで走ることが出来、どんな複雑な街角へ来ても、必ずうまく曲ることが出来、しかもその小さな口になっている、ラウドスピイカからは、自由に必要な話をすることが出来、その指の一本一本に到るまで、精密な仕掛けがあって、歩道の上に落ちているネクタイピンのような、小さなものでも、それがそこにあることが解っていさえすれば、十里程の遠方からでも、そのロボットをあやつって、そのピンが落ちている処へロボットが行くと、歩くのを止して、腕をのばして、そのピンを拾い上げて、その上衣のポケットに入れることが出来るのだ。レグホン博士はそのロボットを大変に重宝がって、大ていの用件は、そのロボットを走らせるのだった。

★

ところがレグホン博士の助手をしている、コーヒーの大好きなスパロオという男があったと思い給え。そのスパロオ君が、レグホン博士が外出するたびに、ロボットを自分で走らせたのだと思い給え。それはむろんフルーロンコーヒー店さ。『あの、キャフェをちょうだい……』ってね。ところが君、レグホン博士は、酒を容れるタンクは間違いなくロボットの胴体に造ったのだが、熱いコーヒーを容れるタンクでなかった為めに、つまり、そのタンクが錆びていたのだ。

ある日、レグホン博士が、その美しいロボットに油をさしていた時、胴体がひどく傷んでいるを見付けたのだ。それで驚いてばらばらに解体してみると、コーヒーの香いがぷんぷんしていたのだ。で、びっくりしたレグホン博士は、スパロオ君に白状させるのも忘れて、とてもあわてて街に飛び出して了ったんだね。そしてやっと、フルーロンコーヒー店であることが解ったわけなのさ。スパロオ君に白状させれば何でもなく直ぐに解るのにねえ。

で、あの美しい青い絹糸のような煙草の煙は、実はあれは何でもない水蒸気で、むろん赤い巻煙草はレグホン博士が冗談につけた飾りだったのだよ。

ところで君は、フルーロンコーヒー店で、そのロボットが胴体のタンクにコーヒーを飲んで、それからフルーロンコーヒー店を出るとき、どうしてお金を払っただろうかと、不思議に思うだろうね。全く面白いのだ。フルーロンコーヒー店の誰一人としてお勘定のことは忘れて、あの美しいロボットのモダーンなスタイルに見とれていたということが、それですっかり解るわけだ。

★

シシリアン・バタカップ氏はそういって、如何にも愉快そうに巻煙草の煙を天井に吹きました。

『あ、それはちょいと面白い話ですね。でその美しいロボット嬢はその後どうなったんです？　貴方は知っていらっしゃるんでしょう』

するとシシリアン・バタカップ氏は勢よく答えました。

『知っていますとも、その後のロボット嬢物語りっていうやつですね。それは極最近の出来事なんです。少し長くなるんだが、お終いまで聴く気があるのですね？』　シシリアン・バタカップ氏は新しい巻煙草に火を点けると話し始めました。

★

フルーロンコーヒー店の出来事以後は、レグホン博士の助手のスパロオ君は、ロボットに指を触れることさえ禁じられて了いました。それでなくても、ロボットを走らせたり、話をさせる電波の波長を、レグホン博士が変えて了ったから、スパロオ君は絶対に、手も足も出ないわけです。

プラタナスの葉が二吋《インチ》程も伸びて、その冴え冴えとした薄緑が風に顫えている。丁度今日のように晴れたある日、レグホン博士の研究室から二哩《マイル》程離れた友達のところに急ぎの用が出来たのでレグホン博士は早速そのロボット嬢を走らせることにしたのだった。春の外套を着せてレグホン博士はいった、

『お嬢さん、今日は遠い処まで行ってもらわねばならん。お気の毒だな』

さも生きた人間に話すようにロボットの冷たい肩に手を置いて——。ロボットは走って行く。一直線に光っているアスファルトの国道を、自動車よりも速いスピイドで?……。

ちょうどその頃レグホン博士は研究室でロシニョオル夫人と話していた。ロシニョオル夫人は画家で詩人で女優で小説家だった。レグホン博士はロシニョオル夫人と話すのが大変好きだった。

彼女はマリイ・ローランサンというフランスの有名な女の画家が男爵夫人であることや有名な詩人のボオドレエルが髪の毛を緑色に染めて夏には冬の着物を着、冬には夏の服を着て

いたことや、グレタ・ガルボオは夏にはソバカスが出来、機嫌がいいと必ず口笛を吹くことや、話はそれからそれへと続いてゆくのだった。

『シルビア・シドネエって何んて素晴しい女優さんでしょうね』

と彼女はいうのだ。ロボット嬢はロシニョオル夫人の顔と寸分違わない顔をしていた。勿論それはロシニョオル夫人の顔をモデルにしたからだった。ただロシニョオル夫人とロボットと違うのは何か返答に困るようなことがあると、ロシニョオル夫人はヘラヘラと笑うのにひきかえロボットは黙って了うことしかなかった。

レグホン博士は陽あたりのいい研究室の椅子に腰かけて、ロシニョオル夫人と話しあっているうちに、ロシニョオル夫人がロボットなのか、ロボットがロシニョオル夫人であるのか解らなくなって了った。

随分時間が過ぎた時、博士は突然に立ち上っていった。

『さあ、大変です。ロボットはどうなったでしょうね。急いで探さなければならない！』

『ロボットがどうかなすって？』

とロシニョオル夫人が鸚鵡がえしに叫んだ。

『僕はついぼんやりとしていてロボットを動かすスウィッチを飛んでもない方に廻していたんですよ。さあ、直ぐに出かけなければならん』

レグホン博士は、自動車に飛び乗ると、暮れかかった四月の軟らかな空気のなかへ消えて行った、郊外の夕焼の空に向って。

★

翌日の暁方《あけがた》になって、レグホン博士は綿のように疲れて帰って来た。夜中まんじりともせずに待っていた助手のスパロオ君は、レグホン博士を自動車から降して、いたわるように声をひくくして、博士に囁いた。

『先生、ロボットは見つかりませんでしたね』

しかしレグホン博士は、スパロオ君の手を弱く握ったきり一言もいわず、研究室に這入って了ったのだった。

それからというものは、来る日も来る日も、レグホン博士はスウィッチの前に坐って、スウィッチを廻しては長い長い溜息を洩らすのだった。一週間が過ぎて行った。そして次ぎの一週間も過ぎてしまった。

しかしレグホン博士は一時もスウィッチの傍を離れなかった。そのために、スパロオ君はスウィッチの傍に食事を運ばなければならなかった。

『先生、ロボットも大切ですがお体はもっと大切です、少し御散歩をなさってはいかがですか、お庭の花がもうすっかり咲いているんですよ』

しかしレグホン博士は静かに首を横に振るだけだった。

『ああ、先生はどうなるだろう』

忠実な助手のスパロオ君は炊事場の婆やと話しあっては歎息するのだった。

『お気は確かなのでしょうかね』

と婆やが思いあまった声で呟いた。

『それがねえ……』

その時、研究室の方からレグホン博士のかん高い声が響いて来た。

『スパロオ君、ロボットが見つかりそうだぞ、スパロオ君！』

博士はスパロオ君の耳にあわててレシイバーをあてるのだった。

『どうだ、浪《なみ》の音がきこえるだろう。それは川や湖水でない、荒い大きな海の浪の響きだ、ロボットは大西洋の底を走っているのかも知れないぞ』

しかしスパロオ君の耳には何の音も這入っては来なかった。

『先生、何も聴えて来ませんよ。錯覚じゃないでしょうか』

『馬鹿な……確かに浪の音だよ』

けれど、レグホン博士が再びレシーバーを耳にあてた時にはやっぱり何の音も聴えて来はしなかった。

『幻聴だったかな……』

そしてまたスウィッチの前に銅像のように黙りこくって了うのだった。

またあるときは嵐に樹が裂ける音が聴こえる、といってはスパロオ君を呼び立てた。そしてまたある時は、途方もなく素晴しいオーケストラが聴える、ロボットは必ずどこかの大劇場のどこかの席に座っているに相違ない、といい張ったりした。けれども、それらも亦、哀れなレグホン博士の頭を乱す錯覚に過ぎなかったようである。

こうしてまた一週間が来、そしてまた過ぎて行った。そしてレグホン博士は眼にみえて衰弱し気が狂って行くのだった。助手のスパロオ君と炊事場の婆やとは、スウィッチの傍にショボリと座って、しかも未だ希望を捨てないでいる傷ましいレグホン博士の後姿を眺めては深い溜息をつき、そっと涙ぐむのであった、果てはロボットを呪った。歎願した。祈るのだった。哀れなレグホン博士を救うためにロボットよ帰って来て下さい。

けれども遂遂《とうとう》美しいロボットは、レグホン博士のもとに帰って来なかった。

★

その後、ある用件でロンブル精神病院をたずねたとき、薄暗い一室の片隅に電流の通じていないレシイバアを耳にあてたレグホン博士を見たことがある。発作が起ると、『浪だ浪だ、大西洋の浪の音だ、それは川でも湖水でもない大西洋の浪の音だ。……いや嵐の音だ、大森林を揺する大暴風雨の音だ……いや浪でも嵐でもないこれは大劇場の素晴しいオーケストラだ、ロボットはそこにいる、早く連れて来なければまた行方が解らなくなるぞ……』

そんなことを繰返し喚き乍ら病室を暴れ廻るのだが、まもなく、すっかり失望してスウィッチの模型の前に座る。頭を垂れていつまでも銅像のように黙りこくって了うのだった。

シシリアン・バタカップ氏は話し終ると熱いコーヒーを誂えた。

★

親愛なる読者諸氏よ。皆さん、これがシシリアン・バタカップ氏から聞いた話の全部です。レグホン博士のロボットは果して何処に行って了ったのか。それを知ろうとすることは無駄でしょう。

多分、深い森のなかへまっすぐに進んで行って、大きな岩の裂目に墜ちこんでしまったのかも知れないのです。また大西洋の底に死んだ人魚のように、永遠の眠りをつづけているのじゃないでしょうか。あるいはまた悪漢につかまって、どこかへ売られて了ったかも解りません。

春の街を歩いていると、ふとショオウィンドオの中に、あれがレグホン博士のロボットではないかしら、と思えるような美しい人形を見るのです。あの最新流行の衣裳をつけた人形のどれかが、あるいはレグホン博士のロボットかも知れません。

唯かえすがえすも残念なことは、世界に類のない精巧なロボットが、最う無くなったことです。ずいぶん永い年月を経なければ、レグホン博士のロボットのようなロボットが街を歩くことがないということです。

蘭の花

冬の日の鋭い空気の中で街路樹の柳が水晶の鞭のように鳴っている午後、私は外套の襟を高く立てて銀座の凍った舗道を歩いていた。飾窓の硝子がスケイト・リンクのように冷く光っている。私はふとその硝子の上にMON AMIと金色に浮き出した文字を見ると、ドアを押して這入っていった。

ボオイが水を持って来た。その透明なコップの水を口のところに持っていった時、私は強い蘭の香りに驚いて思わずあたりを見廻さずには居られなかった。けれ共そこには蘭の香りなどとは凡そ縁遠い二三人の人々が坐っているに過ぎなかった。そして蘭の香りは今口に持って行ったコップにあることがわかると私はかたわらのボオイに言った。

『君、この水は素敵に良い香いがするね』

けれ共ボオイは不思議そうに『いいえ、別に何も香いなど付けてないのですが、何でしたら御取代いたしましょうか？』と言った。

私はそれからは時折その茶房に行く様になったがその後は決してそこの水が蘭の香いのすることなどはなかった。そしていつか蘭の香りのことなどは忘れてしまった。

ある吹雪する午後であった。私はその茶房で熱いオレンジエイドを飲み乍ら吹雪に暮れてゆく街を哀しく眺めていた。と突然、一台の素晴しい玉虫色の自動車が茶房の前に停った。そして一人の美しい頬の婦人が這入って来た。その婦人はボオイが置いたテイブルの上のコップを見ると、無雑作に襟に差した蘭の花をその中に挿し、何かを誂えるのを私は見た。やがて彼女は再びその蘭の花を襟に付けると立ち上った。そして自動車は降りしきる雪のなかに音もなく消えて行ったのだった。

私はその時ふといつかの日の蘭の香りを思い出した。そしてこの何でもない淡い出来事のために私の瞼が熱くなるのに驚いたのであった。私はその見知らぬ美しい人が一本の蘭の花に与えた繊細な優しさを思い、そして果てしなく羨み、夜の雪の中をいつまでも歩いた。あのウィンナアの心をそそる街々の冬を降る雪のように、しんしんと降る雪に私のロオタスの靴をきしませ乍ら……。

深紅の手袋

私は女性が身につけるもののうちで、あの早春の紺青の空にくっきりと浮ぶ木蓮の花のような、また明るい朝のテラスに開くジンジャアの花のような、あるいはサフランの儚い薄紫の花のような手袋を愛する。

春の日の軟らかなリネンの手袋は小鳥のように活々《いきいき》した少女の手にふさわしい。そして夏の日のレイスのそれは白魚の潑剌とした手にふさわしく、また秋の日の天鵞絨の手袋は詩のような運命のひとの手にふさわしく、羚羊《かもしか》の百合より白い手袋は冬の日のロマンを飾る扇のように美しい。

「イタリヤでは」と私の友は言う、「イタリヤの手袋の店では美しい売子がサイズと形を訊ね、それから手に白いパウダアをふって、その手に手際よく手袋を合わせる、しかし売子の手は決して皮膚に触れてはならないのだ。ただそれだけの事だが、それが何とも言えず美しく忘れられないのだよ」
私はそうした友の話を思い出し乍ら、冬のある夜おそく、銀座の街を歩いていた。鎧戸の降りたとある店の前で私は運命のように美しい手袋を拾った。それは百合の花のように白い羚羊の手袋ではなかったが、それにも増して美しい深紅の皮の手袋だった。しかもその釦は精巧なカメオで夜の目にもはっきりと、その彫刻はミロのヴィナスのミニアチュウルであった。かてて加えてその手袋には黒い天鵞絨の裏が付いていて、それには金の糸で次ぎのような詩が縫取られていた。

Tu finiras par disparaître;
Il faut t'arrêter à vingt ans.

(あなたは遂に消されてしまうでしょう。二十歳で大人になるのを停めなければいけません) 私はその二行の詩を読み、そしてマラルメの詩の一つを想い出した。多分この手袋の主である少女の誕生日に誰かから贈られたのであろう。そして他の片方の手袋には次ぎのような最初の詩句が縫取られているに相違ない。

Un an de moins, mignonne, est traître
Au retour de chaque printemps,

（美しいひとよ。巡りくる春とはうらはらに、一つずつ損なわれてゆく）と。私は手袋をハンカチに包むとポケットに入れた。ただ何となく美しい思いにみちて暗い鋪道を歩いていった。

黒水仙

三月の空気が新しいプリズムの様に冷く澄んでいる。桜の幹に頰をよせて、去ってゆく港の白い船を見給え、そのようにすべての純粋な日々も亦儚く去ってゆく。

ある暖かい晴れた日の午後であった。私は従妹の杏子と銀座の歩道を歩いていた。

『波のごとはやし我等の生活の日、日は一日と墓にひかるる我等の行く手……って言う歌しってる』

『知らないわ、自分で作ったのでしょう』

『いや、これはアンドレエフと言う作家の学生生活を取扱ったドラマの中の歌さ。君の学生生活も終るんだなあ。寂しいかね』

『ううん』

『あきたかね』

『仕方がないんだもの』

そう言って彼女はふとウィンドオの前に立ち止った。その硝子の中には美しい化粧品と共にダンディ・ドルセエやウビガンやランバンなどの香水がレンズのように並んでいた。

『黒水仙にしようかしら、でもウビガンの石竹もいいわね』

『黒水仙がむろん良いさ。それから爪をルビイのようにマニキュアして、その掃除婦のようなデリカシイのないユニフォムを捨てよだ』

『いつも直ぐ演説になるから滑稽だわ』

『演説を止めよ、そして黒水仙も止めよ、コオヒイとパイを食べよう』

微風がフィルムのように歩道を流れた。私は私の右にならんで昂然と歩いてゆく杏子の彫刻的なプロフィルを見た。そしてそこには何のトラジェディ*もない鉱物の断面のように冴ざえとした平静さのみが見えていた。最早現代の彼女達は徒《いたずら》に過ぎ去ってゆくものを追い、哀しみ、悩まない。昨日は今日のための、そして今日は明日のための必需品にさえ過ぎない。

こうして多くの少女達は校門から社会の門へ一直線に進んで行きそしてそこに彼女達の生活と理想を見出すのである。私はこうした傾向の彼女達を健気なものと思い、またそれ故に新しく好ましくも思う。そして杏子がそうした種類の少女であることを満足に思った。

『黒水仙は止したの、買ったって良いじゃないか』

『うん、買うわよ、だけど今は駄目、最初の月給で買うつもりなの』

『買ってあげようか』『いいの、あたしはこれからとても贅沢をするつもりよ、でもそれは自分の力でしなければ全然無意味じゃない』

私達はとある茶房のドアを強く押した。むろんコオヒイとパイを食べるためにである。

菫

ある暖い晩であった。いつもの様に私は銀座の舗道を歩き乍ら、銀座とは全く関係のないデデキントの数学について考えていた。すると突然友人の沖田が呼びとめて言った。

『おい君、久しぶりだね。コオヒイなど飲まないかね』

私はいつも乍ら瀟洒とした彼のスタイルに感歎し乍ら思わずニヤリと笑わないではいられなかった。何故なら彼はいつもの颯爽としたスタイルに似合ず小さな菫の花束を無器用にさげていたからである。

『やあコオヒイは飲むがね、そのロマンチックな草は何のお祝いだい』

『あ、これか、僕も流石に一寸困りだよ。どっかのマドモアゼルから漠然と贈られちゃってね』

『なる程、漠然とね。とにかくコオヒイを飲み乍らそのロマンスなど承ることにしようよ』

すると彼はトタンに口を尖らせ乍ら言った。

『ロマンスか。菫の花束と美少女と銀座か、少女小説家にはもって来いのストオリイになるよ。まあ話はこうなんだ、きく気があるかね』　そう言って沖田は話し出した。

『丁度一週間程前の日だったよ。この頃街頭で往来の人を片っぱしから写している街頭写真屋があるだろう。僕もいきなりパチリとやられたのさ。渡されたカアドを見ると33333と言う実に偶然にも僕の好きな3がならんでいたので、宛名を書いてそのカアド送ったのだがね。写真が来てみると我がハンサムな顔ではなくて飛んでもない美しい少女のスナップショットだったのだよ。完全に驚きさ。ところが今日偶然にもそこでその少女に逢っちゃったんだ。で呼びとめて写真を渡すとね、彼女、アラってんで吃驚りしていたよ。一枚頂けませんかって言うとね、怒られちゃったよ。僕も無理ないと思って三枚ともそっくり献上したんだが、そしたらね、流石に気の毒になったらしく持っていたこの草を呉れたんだよ』

『ふん。で名前位い聞いといたかね』

するとと彼はポンと胸をたたいて言った。

『モチさ。然し君には教えないぜ。しょせん意味ないからね』

そう言って彼はゴオルデン・バットにマッチを擦った。

『何んだ、下らん』

『下らんとは僕は思わないや。はやく帰ってカットグラスに挿そうと』
『ふん、それが君にふさわしいロマンスのキャタストロフさ』
『君、僕をソネムのかい。ソネマレるとも夢ソネム哀れな身にはなる勿れだね』
『それ詩のつもりかね。馬鹿らしいや』
服部時計店の時計が静かに九時を打った。
僕と彼はハアモニアスな時計の響きのなかで眼と眼を合せ、そして声高く笑った。
『オ・ルボアル』
『ア・ビヤントオ』
そして夜の銀座は漸く人足がすくなくなっていくのだった。

緑のネクタイ

街にはまた花咲く春が訪れて来た。そして街の少女たちはシイルやアストラカンの外套の重さに堪えかねて、チュウリップの水々しい茎のように潑剌とした四肢を、晴々しい春の微風のなかに投げいれた。

ある明るいエキゾチックな午後であった。僕はいつものようにブライヤアのパイプを口にくわえ銀座の舗道を歩いていた。飾窓の硝子は磨かれて水晶のように午後の空気に光っていた。ただ何とはなしに飾窓のなかを覗き乍ら、ふと緑色のネクタイを買ってみようと思った時であった。

——本統に素敵なネクタイだわ。

という声が突然僕の耳にはいって来た。驚いて振り返ろうとすると、殆んど僕とすれすれに一人の少女が立っているのだった。

――やあ、君もそう考えますか、あの緑のネクタイが。

――素晴しいわ。

――然し、と僕は言った。いったいどうして僕があのネクタイを気に入ったって解ったのですか。

――多分ね、そうだろうと思っただけよ。だけど、あなたは絵描きさんね？

――多分。そして君は詩人さんらしいですね。

するると彼女はハモニカのように明るく笑った。

こうして五分間の後には僕と少女は仲の良い兄妹のように肩をならべて歩いていた。

彼女と僕は映画を見た。

婦人帽子店で最新流行の帽子を買った。春のスウッを誂えた。

いつになく豪奢な食事した。

レストラントから出ると既に街には水の黄昏のヴェエルが降りていた。

とある街角に来ると、彼女は立ち止って一枚の紙片を渡すと快活に言った。

――上海にいらしたら是非お遊びにいらっしゃい、待っていますわ。

――おお、上海へ行くのですか。

――いいえ、上海から来たのよ。そしてあなたに御案内をお願いした訳なのよ。

そう言って身を翻えし、そこにあった一台の自動車に飛び乗ると、音もなく走り出すのだった。

車の窓から差し出した手袋がフリイジヤか何かの花束のように夕暮の街に白く遠ざかって行くのだった。

僕はその車の赤いテイル・ランプが見えなくなると、ブライヤアのパイプにマッチを擦った。

そして、明るい舗道の方へ、意味なく歩き始めるのだった。

山百合

初夏のテレヴィジョンのような雨が銀座の街を静かに濡らしていた。舗道を行くアンブレラのカアブが鈍く鉛のように光り、街は漸くネオンがつく頃あいであった。

私はオイルスキンのレインコオトを着たままで、アンブレラもささずに歩いていた。午後六時すぎの陰鬱な水曜日のことであった。尾張町の十字路まで来ると、いきなりストップの赤い信号灯が雨のなかでまばたいた。と、げんごろう虫のような自動車の一群がスタアトの白い煙を噴いて動き始めるのだった。

私は帽子の縁から落ちかかる雨の滴を気にしながら、眼の前を勢よく滑ってゆく一台のチャンドラアの中を何気なく見たとき、ギョッとして思わず車道に踏み出してしまったのだった。と言うのはその高級車の中には純白の夜会服をつけた一人の端麗なレディがそのクッションの上に投げ出され、その胸のあたりには一本の細い短剣が鍔元《つばもと》深く突き刺さって華奢な銀細工の柄はエンジンの振動のために微かに顫えているのだった。そしてその少し下の方には山百合の花束が無惨に散らばっているのだった。

その瞬間、私の頭の中をモノクルな兇悪な犯人の幻想がかすめていった。私はいきなり一台のタクシイのステップに飛び乗ると疾走するチャンドラアを追跡するようにとショファ*に命令した。しかし私のタクシイが二百メエタアも追わないうちに、そのチャンドラアは鋭いブレエキの叫びをあげて停車した。

私はポケットの中でジャックナイフの水牛の柄を堅く握りしめるとタクシイから飛び降りざまその車のドアに飛び付いて引き開けた。しかし私が車の中に上半身を入れるか入れないうちに、その車は突然走り始めたのである。

私は矢庭にジャックナイフを運転手の背中に突き付けて言った。

——車を留め給え。

そしてふとバックミラアの中を見ると、私は思わずがっかりして全身の力が抜けて行くのをどうすることも出来なかった。

何故ならそのバックミラアの中には私の親友のマリ子が、このところ得意言うばかりなし、と言う顔付きをしてあでやかに笑っていたからである。私は思わず呟いた。

——いやはや、これじゃお悪戯《いた》がちと過ぎましょうよ。あんまりひどいや。

すると彼女はお腹を抱えてさも溜らないと言う風に笑いこけ乍ら言うのだった。

──まあ愉快、でも本当に貴方はシャロック・ホルムズの面影があったわよ、素晴しかったわ。

彼女が語るところに依ると、私がアンブレラもささず雨の中を憂鬱そのもののような様子でGOの信号を待っているのを停車中の車から一眼見て私を食事に誘うために一寸悪戯を思いついたのだった。

ショファにそのプランを言い含めた上で、さっきの様なポオズで私の鼻の先をゆっくりと通過したと言う訳であった。

──一寸風変りなディナの御招待だったわね。

──全く風変りすぎていますよ。しかしそれにしても何故貴女ってことに気が付かなかったのだろうなあ。僕はそれが口惜しいや。

私達はとあるレストランの硝子を透して、雨にけぶる街を見下し乍ら、デザアトのゼリィに勢よくスプウンを突き刺した。

まるでショファの背中へジャックナイフを突き刺すような勢で…………。

海の日記

夏が来ると、私はヴィラとは名ばかりのカテイジに書斎を移して気紛れな生活をするのが慣しとなっていた。そのカテイジは鎌倉の町に近い一つの丘の上に建っていた。私の友人達がドミノと呼んでいるのはその家がいかにも角砂糖のように白く何の趣きもない長方形に出来ていたからである。ある海の美しい日の朝であった。私はロオンの上に椅子を出して、到着した荷物を整頓する為めに物置きの中を片付けて居たとき計らずも見付けた一冊のノオトを開いてみた。そのノオトは七月六日から始まっていた。

一九三×年七月六日　午後二時過ぎ　すっかり荷物を片付け終る。早速レモンのシロップを造って飲む。Rは手伝いをすませて片瀬に帰る。今日から僕の新しい生活が始まるわけである。夜は遠くの方からフリュウトの音がきこえて来た。

七月十日
暁明の散歩、美しい帆立貝を拾う。ふと思いついた詩の一行を書きつけて、今日見付けた岩の蔭の僕の休み場の砂に埋めてかえる。終日無為。夜、またフリュウトが鳴っている。
七月十四日
いつもの時間に散歩、例の岸蔭で休む。ふと先日埋めて置いた貝殻を思い出し掘り出して見る。驚いたことには先日書いて置いた詩の行の次ぎに誰かが一行書き加えていた。僕が書いた一行は『ちひさな人魚が漂着いたしました』と言うのだったが、その次ぎに『それで私の脳髄はたいへん音楽的になつてゐます』と書いてあった。で僕は更に次ぎの一行を附加えて埋める。『海が松の葉たちのなかに霊魂の微笑を揺つてゐます』終日スタンダアルを読む。
七月十五日
岩蔭の貝殻にはまた次ぎの一行が書き足されていた。『しかしすべての人魚はすべてのマンドリンではありません』僕は次ぎに『彼女はマンドリンのかはりに水平線をしめあげた』と書き加えた。午後鎌倉の街へ出る……
私はその日記を読み乍ら、昨年の夏の日日を鮮やかに思い出すのだった。私とその未知の人とはそれからも長く貝殻の上で詩を作り手紙を書いた。私はそのなかの短いものをここに書いてみることにする。

＊

ちひさな人魚が漂着いたしました
それで私の脳髄はたいへん音楽的になつてゐます
海が松の葉たちのなかに霊魂の微笑を揺つてゐます
しかしすべての人魚はすべてのマンドリンではありません
彼女はマンドリンのかはりに水平線をしめあげた
あ　海は救はれました

＊

海水浴場
なんて貝殻だらけでせう！
なかには修繕したのもございます

＊

夏には気紛れな僕たち
貝殻で賭ける優しい言葉も
彼女の未練なカンニングのためにみんな壊れてしまひます

＊

ある涼しい午後であった。私はいつもの時間より遅く例の岩の近くを通りかかった。そしてふと見ると、一人の若い女性が丁度そこから立ち去って行くところだった。私はかねて貝殻に書かれた詩の文字に依って、私の詩の合作者が女性であることを知って居たが、彼女の端麗なプロフィルと、いかにもリファインされたコスチュウムを見て、彼女がどんな階級の、そしてどんな年齢の婦人であるかを知ることが出来た。私は思わずその婦人に声をかけようとしたが、しかし私は次の瞬間にそれを思い止まった。私はその理由を何故と説明することが出来ない。しかし多分私は新しい、それ故にまた危険な友情よりか詩を愛したからであるかも知れない。そして私たちは遂に言葉を交すこともなく、だがそれにも増して多くの事を貝殻を通じて語り合ったのだった。

☆

やがて秋の風がしずかに海をプルシアンブルウに変えて行く頃、私達は貝殻の上に別れの言葉を書いた。

驟雨

八月もなかばになると、銀座の舗道が恋しくなる。そして僕達は取るものも取りあえずその日の午後汽車のシイトに坐って急行列車に乗らなかった事を悔いたりするのである。家の者が驚いて、何か急用でも出来たのではないかと心配しつつ訊ねる言葉に答えるのもそこそこに、懐しい銀座の舗道へ歩きに行くのである。行きつけの店で食事をし、何かしら一寸した買い物をして、口に慣れたクリイム・ソオダ水の舌ざわりに銀座を感じ、やっと落ちつきを取り戻すのである。しかしその安心はやがて又海や山での新鮮な日日への断ち難い魅力を呼び覚すのである。僕達はまた遽《あわただ》しく夜の汽車に悩み乍ら夏の家に帰って行く。

驟雨の後の涼しい風が吹いている午後であった。私は幾週間ぶりに銀座の舗道を歩いていた。久々に見るビルディングは雨の後の清々しい空に美しい直線を引いて純白に光っている。ショオ・ウィンドオの磨かれた硝子のなかには既に初秋のコスチュウムを纏ったマヌカンが女郎花や芒の背景の前にたたずんでいた。私はとあるデパアトのショオ・ウィンドオの前に立って、一つのマヌカンのブラウスのスマアトな裁断に見とれていた。それは一見平凡な黒い格子のブラウスであったがショルダアラインとウエストラインとの均衡の美しさはその裁断師の並々ならぬセンスを示していた。かてて加えて菫色のトオク*には一本の幾分大型のジンジャアの花が無雑作に付けられてその純白の手套と共に高貴なアトモスフェアをウィンドオ一杯に漂よわせているのだった。私はその優にやさしいマヌカンの姿態にみとれ乍ら、山のホテルのロビイを想い、ふと烈しい喉の渇きを感じた。私が何かを飲もうと決心して、そのショオ・ウィンドオの前を去ろうとした時であった。硝子を横切るサングラスをかけた一人の婦人を見て私はその不思議な暗合に驚いた。と言うのはその婦人こそは四五日前、山のホテルのロビイで私が当然受ける可き羞恥から救って呉れたその婦人であったからであった。

　かいつまんで話すならば、それは極有り勝ちの事件の一つなのである。私はその日、私が一日も欠かすことの出来ない飲み物であるクリイム・ソオダ水を飲む為めにホテルのダイニングルウムに這入って行ったのだった。そこには滞在らしい二三人が遅い食事を取っていた。私は早速クリイム・ソオダ水を飲み乍ら、ふと財布を忘れた事に気付いたのだった。多分誰もがこういう時は、事情をボオイに話せば何でもなく済んで了うことなのである。しかし私はいつもこうした場合の為めにポケットのどこかにお金を入れて置く習慣を持っていた。その日もどこかに入っている筈のものを探していた時であった、その婦人はダイニング・ルウムの入口で目ざとくそれを見て取ったらしかった。私のテイブルの前に坐ると無雑作に話しかけたのだった。

――失礼ですが何かお忘れ物をなさいまして？

そして私の事情を知ると彼女は私の狼狽を不思議そうに微笑し乍ら言うのだった。

――まあ、何でもないことですわ。一寸ボオイに仰言ればよろしいのに。

これが彼女と親しく口をきいた始めであった。

――こんどは忘れ物をなさらないようになさいまし。

――いや、こんどは忘れてもガマグチなんて持たない事に決心しました。

一時間の後、私達はロビイでこんな冗談を交し乍ら別かれたのだった。

私は彼女を見付けると、いそいでショオ・ウィンドオの前を離れて歩き出した。けれ共直ぐに私はGO・STOPの為めに彼女を見失って了ったのである。私は彼女を探すことを諦めて、とあるベエカリイの中に這入って行った。勿論クリイム・ソオダ水を飲む為めであった。薄荷入りのクリイム・ソオダ水を飲み乍ら、私は忽ち暗くなって行く街を硝子越しに眺めていた。大粒の雨がアスファルトの上に落ちて来た。やがて雨の紐が勢よく舗道にシブキを上げて降って来た。私はソオダカップを前に置いて入口に近いテイブルで頻りにハンドバッグの中を調べて居る夫人のプロフィルを眺めていた。そして私は彼女がすくなくとも何かを探しているのを見てとると、立って行って彼女に言った。

——失礼ですが、何かお忘れものでもなさいましたのですか。

すると彼女は奇遇に驚き乍ら婦人帽子店《ミリネリイ》にガマグチを置き忘れたらしいとの事であった。

私はふと彼女の最初の言葉を思い出し乍ら無雑作に言った。

——それは何でもないことですよ。一寸ボオイに仰言ればいいのに。

すると彼女も漸く、その言葉の意味を悟ったらしく、ハンドバッグの止金を乱暴にPanと封じて言うのだった。

——あなたって方は恩を仇でお返しになる、そういう方だったのですわ。そうです。そして貴女の軽蔑してる薄荷入りのクリイム・ソオダで徹底的に憎まれてしまうつもりなんです。

それは却ってお気の毒様ね。私これで三日も続けてそれを召上っているんですもの。

——おやおや、しかしそれはそれとしていつまた山へお帰りになるんですか。私は今夜九時に帰るのですが？

——私もう山へは帰りませんの。

——それは御随意に、私は結構ですよ。

そして僕達は意味なく朗らかに笑い合った。
驟雨の後の微風に揺れる街路樹が午後の太陽に水々しく輝いていた。
しかし私が彼女に再び逢ったのはその日の午後九時×分発の食堂車のなかであった。

女郎花

九月になると海が少し暗くなる。そして今日も昨日も海岸の街から去ってゆく幾組かの人々の賑やかにも淋しいざわめきが駅の方へ消えていった。私は一日一日とさびれてゆく渚の砂の上を歩き乍ら、遠い岬の防風林を眺め、また或いは寒竹のステッキを意味なく振り乍ら、この二ケ月間のうちにあわただしく私の前に現われ、そしてまた去って行った人々の生活を思った。それらの人々は皆明るくそしてまた聡明な若若しい教養を身につけていた街の人々であった。

しかし九月の海はこの一週間の間にみるみるさびれ、そして次第に数千年の昔からのありのままの姿に還って行った。それは東洋の一孤島である私達の祖先の島、瑞穂の国の永劫の姿であった。その静寂な夕暮れの美しい光りのなかを私は一本の寒竹のステッキを曳いて歩いていた。蜩《ひぐらし》の軽いコオラスが松林の中でいつまでも続いていた。

するとその松林のなかから、丁度蜩の精のように一人の少女が白い浴衣の袖をひるがえし乍ら歩いて来た。私はそれを見ると、軽く手をあげて合図をし乍ら足をはやめて近づいていた。その少女はこの夏に知り合った海の友人の一人だった。彼女はこの海岸にこの夏、山の療養地から転地して来たのである。真夏の華やかな海の生活は健康な人々にとっては素晴しい日々である。しかしそれは彼女には激しくあまりに刺戟的であった。実際に彼女は咲き誇るダリヤやカンナの花のような快活な人々の間に立ちまじると何とはなしに淡く儚く、たとえば朝顔や夕顔の花のように冷えびえと冴えていた。彼女はいつも一本の老松の影の寝椅子の上で友人達が海と太陽に疲れるのを待っていた。そして友人達が光りと水の戦いに疲れて帰って来るのを見ると、傍のテエブルの上のサイフォンからメロン・ソオダ水を注いでやるのだった。

しかし今ではもうその必要はなかった。彼女の友人達はピンク色の風のように去って行ったのだから。

私は彼女と肩をならべて歩き乍ら、彼女の透明な貝殻のような白い額の静脈をみ、冴え冴えとした眉を見た。そして希臘風にカアルした漆黒の髪と、形の良い小さな頭を見乍ら、ふとそこに挿されている一本の女郎花《おみなえし》を見て言った。

――妙なものを挿しましたね。

すると彼女は驚いて髪に手をやり乍ら言った。

――あら、何か付いていたかしら。

――いいえ、その女郎花のことですよ。

――女郎花がお嫌いなのね。私だってちっとも好きじゃないんですけど。

そう言って彼女は女郎花を抜き取ると無雑作に砂の上に捨てた。

私はその一本の女郎花を拾うと襟のボタン・ホオルに挿して言った。

――あ、この女郎花は糸杉《シプレエ》の匂いがしますよ。

――それはあたしの香水ですわ。もう秋ですもの。

――この頃は大分健康になりましたね。

――いいえ。ちっとも良くは無いんですのよ。やっぱり未だ海へ来るのは早かったのかも知れないわ。

――そう。それは良くないですね。でも夏の初め頃よりか丈夫らしくなったと思うのですがね。

――みんなそう仰言るわ、私を慰めるために……

――しかし僕は早く死んでゆく方が幸福だと思いますよ。あなたも早く死んじゃいなさい。

――私ずっと以前からそう思っていますわ。

——人生なんか結極退屈と惨酷の連続ですよ。この間まで犬ころのように潮水と砂にまみれていた連中だって今にミイラのような老人になりピアノの音とお金の音を聴きわけることさえ出来なくなり、片意地で欲ばかり突張った生き物になって了うんですよ。それも僅か十年か二十年のうちにですよ。

——いやですわ、そんな意地悪なお顔をして、悪魔のような笑いってそんな笑い方のことかしら。

——悪魔ですって。悪魔結構です。神様よりは人間味がありますからね。僕は羨しいな、すくなくも今のところ僕よりか貴女の方が早く死ねそうだから。ね、早く死になさいよ早く。

——ええ死ぬかも知れないわ。きっと死ぬわよ。私は難かしい事は知らないけど、砂の上に落ちた水のように、何の汚《し》みも残さずに死んでゆき度いわ。その方が結局皆んな幸福ね。お薬だの、注射だの、転地だの、私はもう本当に疲れたわ。それに……お父様やお母様だって。

ふと顔をあげると、あたりはすっかり夕闇みに霞んでいた。私は日頃彼女が静かなつつましい表情の底に湛えていた深いペッシミズムに触れて慄然と襟を正す思いがした。そして思わず彼女の手を取って強く握りしめ乍ら言った。

——嘘ですよ。さっきのは一寸悲しいお芝居のセリフみたいなものですよ。希望を持たなければ駄目です。養生して健康になれば私がさっき言った様な考えがどんなに浅薄な思想だかが解りますよ。それに医者が山から海へあなたを転地させたことは病気がずっと回復期に向っている証拠ですよ。私は本当に出鱈目を言うのが悪い癖ですね。それに……

するとと彼女は暫くして言った。

——それに……。それに何ですの？

然し私は彼女の細い形の良い指を握り乍ら、口笛を吹き始めた。昔流行したそれは巴里祭の歌の口笛を。

——ね、お約束して下さる。もう決してあんな意地悪を仰言らないって。私やっぱり明日から一生懸命に養生して丈夫になるわ。

——モチ、そうですよ。明日午後三時頃、遊びに行きますよ。何か御馳走して下さいね。

——何でも。

松林の向うにホテルの灯が蛍籠のように光っていた。私はさっきの意地悪でもあるかのように靴の踵で貝殻を踏み潰し乍ら、街の方へ歩いていった。波の音を肩越しにきき乍ら。

コスモス

飾窓のマネキンの衣裳にも秋草が靡いていた。そして爽やかな十月の風が透明なガラスの冷たさで吹いていた。

私はそうした秋の銀座の午後を歩いていた。顔をあげるとビルディングの上の空の青さえヴェラスケスの絵のように冴えていた。その美しい午後の上空を一台の遊覧飛行機《エヤ・タクシイ》がオレンジ色の翼を張って、舞っていた。

私はそのエンジンの音をきくと、あわただしくポケットの時計を出して文字板を見た。と言うのは従妹の充子が今日午後三時にエヤ・タクシイに乗って銀座の空を飛ぶことになっているからである。彼女はその計画を思い立つと、早速私の処に速達をよこして、是非銀座の上を飛ぶのを見るようにと言って来たのだった。

時計は丁度午後三時を指して居た。

私は時計を見乍ら、彼女が数百メエトルの上空から銀座の鋪道を歩いている筈の僕の灰色のソフト帽を見る為めに機体から上半身を乗り出している姿を想像し乍らゆっくりと歩いて行った。するとその時、エヤ・タクシイはグッと高度を下げると鋪道に沿って降りて来た。私はそのオレンジ色の飛行機を見た瞬間、何か白いものが空中に投げられたのをみた。それは正確に車道の上に落ちて来た。私は早速近づいて手に取ってみると、紛れもなく充子の片方の靴であった。そしてそのなかには鉛筆の走り書きで次ぎのような文句が書いてあった。

幸運の人よ。このシンデレラの靴を四十分後にM・N茶房に御届け下さい。　充子

私はその靴を片手に拾ったまま啞然としてエヤ・タクシイの飛び去った空を仰ぎこの思い切った悪戯に対する最も有効な挨拶を考えた。

私は急いで銀座の裏通りにある友人のアパアトを訪ねると、幸いに彼はネクタイを結び乍ら口笛を吹いていた。片方の手に下げた婦人靴を眼ざとく見付けると、いきなりげらげら笑い乍ら言った。

『これは驚いたね。その靴はまた何ですか』

『この靴かね。種も仕掛けもない唯の靴さ。拾ったのだよ。実はこのことで一寸相談に来た

のだよ。君古い靴ないかしら』

こういう訳で、私は彼の不用になった白靴の片方を貰い受けると、その中へ次ぎのような一句を書いて入れた。

幸運の人よ、この善き王ダコベエルの靴を祝福せらるべし。　P・P

で私は彼のデスクの上の花瓶から意味なく一輪のコスモスの花を取ってその靴に添え、M・N茶房に預けると、いそいでバスに飛び乗った。

二十分の後、彼女の自動車はM・N茶房の前に現われるであろう、そして彼女の靴とは似ても似つかぬ古靴を前にして憤然とクレオパトラのように怒る有様を想像し乍ら、私の心は、郊外を走るバスの中で秋の午後のように晴れていた。

薔薇

晩秋の冷い風が午後三時の舗道を吹いていた。空はあくまで深く青かった。

私は外套の襟を立て、ブライヤアのパイプをくわえ乍ら、意味なく飾窓のなかに眼を触れ乍ら、歩いていた。

そしてふと、通りすがりにＶＯＶ茶房の中を見ると、友人のＲがいちはやく私を見付けて、軽く手をあげた。這入って行くと、彼は傍の椅子をすすめ乍ら、ボオイに熱い珈琲を命じた。

彼は久し振りに逢った友人の誰もがするであろう処の挨拶が終ると、テイブルの上の大きな紙包みを指して言った。

――この箱の中には一寸現代離れのした素晴しいロオマンスの種がはいっているんだぜ。僕はこの種を今から蒔きに出かける処なんだ。何がこの中にはいっているかあててみる気はないかね。

――勿論中はブウケ・ダムウル（愛の花束）さ。包紙の字でわかるさ。

――ブウケ・ダムウルか、正しくそうだよ。しかも素晴しい薔薇のブウケだ。それに未だ他のものもはいっているんだぜ。フランスのランバン製の香水一瓶。粋なカシミヤの手套。それから最上のマニキュアのセット一箱。どうだね。贈る僕も愉しいが、贈られる方はどんなによろこぶだろうなあ。

――君のお友達は倖だよ。

すると彼は皮肉な微笑を浮べて言った。

――僕のお友達だって。いや誰だってそう考えるさ。しかし事実はさにあらず、全く出鱈目にしかも氏《うじ》も名もない一人の少女に贈ることになっているんさ。多分その少女は生涯を通じてこんな幸福は二度と来ないかも知れないにきまっている。とすれば僕の気紛れも貴重なものになるに違いないと思えば一寸愉しいねえ。もっともこの僕の気紛れには一人の未知のマダムが参加してはいるんだがね。とにかく僕はT劇場へ行って最初にそれときめた舞台の少女にこれを贈ることにするんだ。面白いだろう。

――ちっとも面白くはないさ。しかし聞けばなる程君らしい思い付きだよ。然しそれにしても何故そんな気紛れを起したのだね。全く変なことを計画したものさ。

すると友人のRは語り出した。彼の話をかいつまんで書くと次ぎのようなものであった。

日曜日の午後五時過ぎのことであった。友人のRは銀座の裏通りの閑散な歩道を歩いて居た。あるビルディングの前まで来ると、彼は一枚の貼紙に眼を止めた。その貼紙には『第1十六ミリ会第1回試写会』と書いてあった。そしてその横に付加えた入場無料の文字を見ると階段を昇って行った。日曜日のオフィスは森閑として、彼の靴音がにぶく反響するのだった。試写会の会場は四階にあった。映写機が会場の暗黒の中にリズミカルな音を散らし乍ら海岸の風景を映していた。彼はプログラムを受け取ると闇の中を手探ぐり乍らシイトの方へ進んで行った。彼は空席を見付けるとそこに腰かけた。海岸の風景をはいつ果てるともなく続いていた。彼は意味なくこうした集会にまぎれこんだことを後悔した。すると不意に隣にかけていた一人の婦人が彼の膝の上に一枚の封筒を置くと、一寸会釈して立って行った。彼は間もなく明るくなった会場の光りの中でその封筒に紫の鉛筆で走り書きにされた文字を読んだ。その文句は「この封筒を自由に御利用下さいませ。P子」と言うのだった。彼は銀座の裏通りを歩き乍ら、その封筒を開いてみた。すると中に一枚の真新しい百円紙幣が入っていた。彼はP子という未知の婦人の気紛れを苦笑し乍ら、その紙幣に最大の奇蹟を与えることを計画した。計画は幾度となく改められ、遂に彼のロマンチックな計画が決定的なものとなった。つまりその計画の結晶が大きなブウケ・ダムウルの紙包となった訳である。

友人のRは話し終ると、腕時計を見て言った。

――時間だから出かけるよ。全く下らん事に熱中してると軽蔑したまえ。だがとにかく今晩一人の少女はシャンデリヤの王冠を頭に戴いたように幸福になると言うことは確かだね。オ・モンデュ（おおそうだ）。

そういって彼はスプウンで十字を切って立ち上った。

白い箱

Ｘ・マスが近くなると、街はシリイシンフォニイのフィルムのように美しくなる。タクシイが林檎のように光り乍ら夕暮の街を過ぎてゆく。そのタクシイのどれもがＸ・マス・プレゼントの美しい箱を膝の上に乗せた若いマダムが乗っていて、その美しいプレゼントの箱のなかにはスウィスの郵便切手のような可愛らしいハンカチや貝殻のロケットやルビイの星を鏤《ちりば》めたシャアプペンシルがはいっているのだったら、それを贈られた人達は素晴しく幸福であるかも知れない。

私はとある茶房の椅子にもたれて、硝子越しに華やかな銀座の鋪道を眺め乍ら、そうした空想のなかに漂っていると、一人の背の高い少女が這入って来て小さな箱を私の前に置いて言った。

——すみませんが、この箱、暫くあずかって頂けません？

私は何の気なしに、承知しましたと答えると、その少女は嬉しそうに微笑しながら私に言った。

――預っていただけますこと、まあ、嬉しいわ。

そういって入口の方へ歩いて行った。

私はテイブルの上の、その小さな白い箱を眺め乍ら、この箱の中にはきっと素晴しいプレゼントが入っているに相違ないと思った。しかし少女は遂に再び私の前に現われて来なかった。私は仕方なしにその白い小さな箱を持って郊外の私の家に帰らねばならなかった。こうして、私はその翌日も、次ぎの翌日もその茶房の椅子に坐って、少女の現われるのを待っていたが、X・マスを過ぎ、歳末が来ても遂に遂にその少女は私の前に現われなかった。

私は今年もその白い小さな箱を持って、その茶房のそのテイブルでその背の高い少女の現われて来るのを待っていようと思う。そして私はその少女が山百合よりも白い羚羊《れいよう》の手袋を夜《よ》の眼にも白々とはき、アフリカの海よりも碧いカンガルウの皮の靴の華奢なヒイルを軽く鳴らして、その茶房のドアから這入って来て、この白い小さな箱を受取ることになればよいと思っている。しかしこの白い小さな箱には何があるのであろうか、私はそれが黄金と真珠を鏤めたアラビヤ風のフェタル・リングのような気がしてならないのである。

V

小説ならぬ小説に就て

（覚書）

一般の人は（小説は構築せられたものである）と言う概念の烈しさから逃げ出そうと焦っている。そして（これは全く自然だ）とか（これは実際のことではないのだろうか）と言う幻想にとらわれることに興味づけられている。この一般の人の根強い要求や期待ほどに小説家を卑俗にするものはない。とは言え、本来そうしたことは小説家の責任や能力を宣言するものではないのだ。

小説家は全体的な結果として小説的経験を把持すればよい。その小説的経験を構築する手段や方法は小説家それ自身の才能の方向に依って独自なものである。これは小説家を決して安心させないけれども小説家だけが持つ典型的な思想なのだ。またこの小説家の典型的な思想だけが在来の小説の概念を粉砕して新鮮な小説を啓示する。その余のことは小説家にとっては第二義的な仕事に過ぎない。

心理主義小説の心理的現実主義、つまり在来の小説の概念に依る（これは全く実際あったことのようだ）と言う、経験的な本統らしさを、心理的に立体化す小説の形態は、伊藤整氏の諸論文などで比較的に明瞭なアウトラインを認識させることが出来たが、必ずしもそれが最後的な形態でもないだろう、と言うことは言えるわけである。

心理主義小説の形態に対するエキスペリメントは技術的にも観念的にも無限に探索せられて悪い筈がない。僕はこの心理主義小説の新しい形態の探索の具体的な事実として「青葉」に於ては心理の方向を懐疑と言う心理形態に統一して、推理の発展がどれだけの小説的経験を可能にするかを試みたのである。この小さな試みは、小説の在来の形態や概念の部分に於ては、非難を受けたけれども、小説的経験を結果的に可能にしたことは多少認められたと言って良いだろう。

僕はこの小説の推理主義とか、小説の論理主義が、推理あるいは論理の技法に依って、目的的にしかも、強度の純粋小説を可能にする決定的な小説の形態を予想する。

小説と言わず、すべての芸術は早晩（構築せられたもの）と言う前提の下に理解せられ享楽せられるだろう。それは明白なことであり、時間の問題でさえあるだろう。であるならば、構築の方法の独自性と小説的経験の純粋性のみが宏大なスケエルを以って肯定されなければならない。

（小説ならぬ小説）と言う言葉はある雑誌の批評の中に使用されたものであるが、自分はこの言葉はあまりにも技術化し定型化した現代の小説及び小説批評家の矛盾と誤謬の告白の典型的な表示であると思うのである。

一九三〇年までのあらゆる小説が社会的現実の再組織によって小説的経験を把持した様に、一九三〇年以後に位置する僕らは心理的現実の再組織に依って小説的経験を把持しなければならない。そして前者の観察的描写は後者の批判的描写に代わらなければならない。

これらの強烈な行使のために、僕らは（小説ならぬ小説）の幾千遍の繰返しのなかに、それらの小説批評家及び小説作家が自ら退いて省る懺悔的な刹那を予測するだろう。

ともあれ小説に於ける現実の構成が感覚や印象の基礎の上にある如くに、小説に於ける心理の構成は論理と推理の基礎の上に立っていることを没却してはならない。

小説はいよいよ文法と心理との距離を接近させ、構築的快感の純粋に向って洗練され強調されて行くであろう。

僕らは一時も速やかに小説の風俗誌や、小説の風景画より脱却しなければならない。それらの道はプルウストやスタンダアルに於て既に終っているのだ。

文学への懐疑

憂鬱な少年の眼と頬とを持った僕等は、何時もミラボオ橋の下を眺め黄昏の空にシルエットとなったゴシック風の鉄塔から響いて来る鐘の微妙なメロディの中で想いに暮れているアポリネエルのことを考える。そして彼が常に知識の貧困に喘ぎながら、夥しい書物の中から極く僅少のエスプリと、夥しいイロニイを釣り上げたことを思い出したりする。僕等はそれを全く逆に考えたり、偶然の機会から漠然と意識したりして居る。然しそれを認め批判し指摘する為にはラディゲのペンを借りなければならなかった。そして僕等は始めて『平凡になろうとすると俗になる』微妙なニュアンスをアポリネエルに理解するのであった。

僕等は又文学の理論家が緻密な推理と論理とをもって文学の体系を美しく建造して行く才能に屡々驚異と神聖とを感じたりした。そしてそのスカイスクレパアの尖塔に輝く真理のまぶしさに憧憬を感じたりした。けれども然しそれ等は常に高く、そしてひどく人間離れがしメタフィジックであり過ぎた為に僕等の貧弱な文学的才能を反省した時それらの適用は殆んど全部絶望と共に見捨てる他はないのだった。僕等が常に希望するところの標的はなにより も先ず僕等のピストルの性能でそれを射落とすことが出来なければならないことだ。斯うして僕等は文学の理論家の高い認識を肯定しつつ然しやはり僕等の才能に適さわしい標的をレトルトやプラタナスの葉の茂みの中に探し求めに行かなければならないのだ。

僕等の不完全な推理と直観のメカニズムがどんな結果を齎らしたかは文学の歴史をほんのすこし溯ればよい。僕等はそこにランボオをロオトレアモンをボオドレエルを発見する。又リラダン。メリメ。スタンダアル。メエテルリンク。プルウスト。など限りなく見出すことの出来る偉大なプレキュルスウルが、其の当時にどんな待遇を其の信頼すべき理論家から受けたかを考えて見るといい。大体に於て悪文家であり背徳家であり又或いはたった二十五人の親しい読者の為に書いていたのであった。『歴史は繰り返さない』と云う誰かの断定は少くも僕等を幸福にするものだ。そして僕等は貝殻虫の災厄に逢った林檎の様に黒点だらけの太陽の光を浴びたヘボ作家なのである。そして全く仕事部屋のタルチュフ*でありスノッブでありペダンティックな上に貧棒なのである。僕等の上にロオトレアモンやプルウストの様な幸運は決して来ないであろう。云う迄もないことである。然し乍ら眼を開いて活字を見、そして作家達の作品を考える時、其の技術や構想や努力に敬意を表し、其の名声を頭の割れる程感じながら、然し結極僕等をさえ完全に征服することの出来ない何等かの不充分さを、或いはそうした不服をその作品の中に留保しない訳には行かない、と云うのは全く理解し難いことなのだ。

改造の八月号に芹沢光治良氏の『黒』と正宗白鳥氏の『髑髏と酒場』が出ている。『黒』は伊太利を『髑髏と酒場』は仏蘭西を、その背景としている点で共にインタアナショナルな作品だ。『黒』はファシズムと反ファシズムとの対立を骨子にして女の儚い感情を大変軽妙なタッチで書いている。僕等はこの作品からそうした技術上の美しい洗練さを除いてマドモアゼル・シルバンの精神活動を考えて見る。そして僕等はこの作品から受ける極めて稀薄な文学的感銘さえも単にエキゾチシズムに過ぎなかった様に感じるのである。シルバンがムッソリィニに会ってからの通俗的な心の変化に見る如く余り作品の通俗的なインテンションは、それを隠そうと試みた『この娘の役割は、始めからこれ以上ではあり得なかったのに』と云う最後の一行のアポロジイ的結末に依って一層常識的なものとなっている事に気付くならば、寧ろこの作品には精一杯の仕事と観念すべきであろうと思われる。『髑髏と酒場』は『黒』のロマンティクなタッチに比較してリアリスティックな堅実さを持っている。僕等は之を縦断して二つの層を発見する。それは過去の伝奇的な仏蘭西と現在日本の旅行者が体験している仏蘭西とだ。作品はこの二つの仏蘭西を巧妙に組合せて一編をなしている。『髑髏と酒場』と云うのも恐らくは古い仏蘭西と新しい仏蘭西とのメタフォルに違いない。そして過去を髑髏に現在を酒場にシンボライズする平凡な感覚で先ず百人の外遊者が百人とも最初に語るところのリュウクザンブウル公園のベンチのプチ・ブルジョアから書き出されているから厭になるのである。過去の仏蘭西を書くに当って採用された、一七九二年の有名な虐殺の描写にしてもバルザックやメリメの作品に見る簡潔で豊富なこうした場面に較べてその貧弱さが余りに段違いなのにがっかりするのである。そして『黒』と同様にこの作品からエキゾチックな幻想をマイナスしたら厭らしい勿体振ったアパッシュ*の腕の髑髏と酒場の入墨程の文学に過ぎないのではないだろうか。僕等がこうしたエキゾチックな作品に求めるのは少くもコルシカを見るメリメの眼であり、希臘を見るハウプトマンの眼であり、日本を見るロティの眼なのである。僕等が何時も日本の作品に感ずるのは其の教養の貧弱から来る想像力の欠如である。千編一律の物の見方に満足して何程の斬新な眼の角度も認識も獲得することの出来ない細工一点張りの職人根性でもある。そしてそこに安住して『新しい作品を見る時には新しい態度で見なければならない』と云うコクトオの言葉を全然知らない批評家達の担板漢的安心立命イズムなのでもあると誰かが云っていた批評家に対するスキャンダルは実際真実なのかも知れない様に考えられる。それは一少年ラディゲの出現に依って沸騰した仏蘭西の文壇と愉快な対象をなしているのである。

改造の九月号に於ける谷崎潤一郎氏の『紀伊国狐憑漆搔語』が出ている。僕等は此のオーソリティの作品から何等の新しい文学も発見することが出来ない。又今頃コント・ド・フェ*の典型を見せられたところでそれ自体の中に既に文学精神は過ぎ去ってしまっているのではないだろうか。日本の文学はかなりひどく文学技術に譲歩して文学精神を軽んじて来たのであった。そして芥川龍之介氏の『歯車』を注目しても『河童』の中に含まれている驚くべき文学を只単にペダンティックでフザケた作品として忘れ去ろうとしているのではないであろうか、又『ペンギン島』を連想するだけでもう凡ては終ったとしか考えられないのであろうか。『歯車』のアレゴリィは理解しても『河童』のイロニイとユウモアを認容する丈けの資格のない貧弱な文壇も存在するのであろうか。恐らく『河童』の研究は十人の若い作家を元気づけるに足りる深遠な意味を持っていないだろうか。僕等は近代日本の文学作品の中でより多くのキイを含む作品の第一指に数えなければならないと思っている。

僕等は事毎に先輩達に反駁したいのかも知れないのである。そのそもそもの理由は彼等が常に彼等自身のリテラトゥルを持っているからに他ならない。そして僕等も又僕等自身のリテラトゥルを持っているからに他ならない。

僕等の若い文学を他のそうでない文学に対立させることそれ自体が文学の新しい未来を招来するかの如く考えることは直接的ではない、寧ろ現実それ自体に僕等の新しい文学を対立せしめる場合に於て直接的だ。もしも僕等がそこにより進化した認識を獲得したことを意味するならば。

現実に対する新しい或いはより進化した認識のスタンドポイントを僕等がどこに形而上学的環境の中に或は社会学的環境の中に設定するか、この相違に依ってリアリズムとロマンシズムとが分岐する。僕等は且て形而上学的環境の中にスタンドポイントを見出す場合をロマンテシズムとし、社会学的環境の中にスタンドポイントを見出す場合リアリズムと云う名称が存在したことを記憶している。然し乍らそれは哲学上の分類に過ぎないことを認めなければならない。『その時代にはロマンテズムの作品であったものが次の時代にリアリズムの作品となる場合がある』と云うスタンダアルの言葉は彼が文学者として文学に対する哲学的判断を漠然と批判していた様に考えられる。

何れ『文学の方法論』の進歩は、何時か文学に対する哲学の投影を純粋に清算するのであろう。それは純粋文学の確立に光明を与える様に考えられる。斯うして僕等は取敢ずT・S・エリオットの純粋反個人主義的インテンションに多くの暗示を発見しない訳には行かないところの理由があるのだ。

僕等は山下三郎氏、田村泰次郎氏、北原武夫氏、沖和一氏などの作品から生誕する半透明の微風、真珠色の滑かな光線は川端康成氏の作品にも感得される作家的稟質《ひんしつ》に依存するところのものを方法的に把握したものであるかの様に考えられる。それは一九三〇年代に於ける注目すべきラジウムの完成だ。それはフロイドの半意識の世界やメリメ、リラダン、ゴオチエ、ホフマン、メエテルリンク等の奇蹟の思想の一系列に連らなる文学に於ける重要な一つのカテゴリイへの到達なのであろうと僕等は云う。そしてこのカテゴリイは将来に於て純粋文学の唯一の領域となるのではなかろうかと云う想像は拒避し難いものとなっている。

アンリ・ベエルやマルセル・プルウストやギュスタアヴ・フロオベル等の他の一系列はどうなるだろう。それは近き将来に於て現在の現代の作家により多くの支持を受けるであろうことをも僕等は意識している。

伊藤整氏、丸岡明氏、永松定氏、衣巻省三《きぬまきせいぞう》氏、福田清人氏、那須辰造氏、村岡達二氏、坂口安吾氏、奥村五十嵐氏、阿部知二氏、雅川滉《つねかわひろし》氏、などの一傾向が既に其の方向をその作品に依って予約しているのではないだろうか。ペリパトスの家鴨は真鍮のラッパを下手に吹く。僕等はそのメロディを理解することが出来ない。文学は実際どうなるだろう？　なる様になるだろう。

或いは多分世界の哲学者が科学者がブルジョアジイの文明に全く新しい価値学を見出さな

い理由に依存するのかも知れない。然も作家達はブルジョアジイ文明の運命に対して非常な冷淡さを表している。この未来に対する作家達の驚くべき無智と、現実に対する認識の欠如がどんなに多くの意味ない記録的作家を至上のものとしているかを僕等は大変知っている。多分之等の作家達は将来もアンドレエフやツルゲエネフや又はザイツェフの絶望もなく下らなく文学史の外に脱落するのであろう。然しそれは僕等の知ったことではないのだ。僕等は取敢ず絶望しなければならない。或は半意識の世界に下りて行かなければならない。それはブルジョアジイ文学に残された最後のエスプリに、コンセプションの内面に、到達することである。そして之等の概念の諾否の後に、文学の方法と技術との組織学上の問題が残されている訳だ。又は夥しく論じられているのを僕等は見るのである。

この意味に於て『東京派』『新三田派』などの強力な位置は見逃し難いものだ。そして『新作家』と『青い馬』と『新科学的』とは其の方向の複雑にして多くの新しいエスプリを内包している意味に於て、又『今日の文学』と『今日の詩』とは、其の編輯態度の純粋な意味に於て注目しなければならない月刊雑誌である。更に『詩と詩論』『新文学研究』の二つのクオタリが付け加えられる。尠くも之等の雑誌群の中に日本の新しい作家と新しい作品とが殆んど網羅せられていることは実際の様に考えられるのである。個々の作品と作家に就いての批評は雑誌が充分に集まっていなかった為に断念するより仕方がなかったことは残念と云うより他ない。而しそれ丈けに、比較的自由に僕等が肯定する文学に対して一つの役目を果すことが出来たかも知れない。或はそんなにフォリイでもなかった様な気持もしているのである、と云う幻想に陥ることを愉快に思うのだ。そして瀬沼茂樹氏、春山行夫氏、伊藤整氏、阿部知二氏、田村泰次郎氏、西脇順三郎氏等の透徹したロジックが何等かの意味でそれ等の純粋文学を指示し、又支持して行くに相違ないであろうことを信じ、或は希望しない訳には行かない。

文学の表情

その時代の他の半面に対して、それよりもより高い文学上の認識の上に立った文学作品が、一人の人物を表わすに際して表情的でないと言うことが吾吾に何かしら智識的なそしてまたそれ故に高尚な感銘を与えると言うことを昔の、嘗って今僕が指摘した様な、歴史的の位置にいる文学作品から感じる。そしてこの文学作品の無表情から来る特殊な純粋感が文学作品を無表情にまで余儀なくさせた処のもの即ち作品それ自体に適用された文学上の方法が作品を形成するに適切なるコンビネエションを現実より発見する文学の方法の機能が必然的に現実のなかから作品を形成する適切なコンビネエションを摘出するに際して必然的に現実のなかに見捨て来たところの他の一系列のコンビネエションである純粋精神を対象とするものに対してはその時代に普遍され肯定されて存在するところの道徳観ともいうべき世俗精神即ち喜怒哀楽を対象とするところのコンビネエションなのである。

同一の時代にあって常にこの両極にあるまた人間の生活を指揮する二つの哨所である純粋精神の部と世俗精神の部との永久に和解することなき二つのエレメントより成る二種の文学作品が一般社会と言わず一個人の感興をいずれも支配し得るという事実は一個人の精神生活の複雑さを惟《おも》うと同時にその曖昧さを一層に驚かざるを得ない。実際に吾吾が見かつ聴くところの世上の評判が果してどの程度にまで誠実に語られまた書かれてあるかと言う穿鑿を放棄する場合に心からその事柄に就いて反省させられると同時に一脈の味気なさ白じらしさにまた再び索寞とならざるを得ない謂である。翻ってそれらを批判的精神の頽廃として真向から激怒する一人の批評家すら存在しないと言うことはエスプリヌウボオを持つ作家が常に享け続ける文学上のいろいろな新しい発見と言う至難な事業の一局面に思い到るだけでも尚その上に過大なる負担と言わなければならない。

現在吾吾が新心理主義として、擡頭するヌウボオテを持った作品群をいっかつして眺める場合にあっても、それらの傾向が（例外を除いて）文学上の純粋精神に立脚していることを首肯することが出来る。そしてそれらの作品群の持つ雰囲気がいつも知的であり高度なアクチビティを持つものであることをロジカルにまた感覚的に認容することが出来るときにあたって、それらの若い文学的領域の開発に参与する作品の作者である位置にいる作家さえ、それとは全く反対の世俗精神的のポジションにいる作品に対してその作家自身のポジションに対する何らの留保もする処がなく必要以上の期待と讃辞とを惜まないと言うことが熱情ある作家として実際に在り得ると言うことは僕には殆んどミラクルのような気がしてならない処のものである。

エスプリヌウボオの文学の流れに対して常に障碍となる世俗精神に立脚する文学作品が常にその文学作品の特色をなす技巧上の洗練が醸すオブスキュリテ*の故にその文学が内包する真実の意図と価値とを一般の鑑賞家の眼から遁れる場合を例外として考えるならば此の例外的事件のどれ程夥しいかに人は驚くに相違ない。例えば井伏鱒二氏の諸作品が典型的な世俗精神に立脚せる文学作品であることを指摘した批評を吾吾が瀬沼茂樹氏の「新潮」に発表された小論以外に見ないことによっても明証し得る程に此のプティ・ブルジョアが持ち得た所のオプティミストをニヒリストとして待遇したばかりでなく彼氏自身もその名称の影に実際以上の複雑なヴェルを与えられた事をひそかに利用し続けて来たかの感がある。こうした批評家たちの認識の不足が齎らす極ちいさな誤謬すら発見し得ないと言うことは本統に意外でありまた作家が文学上の自らの所信を述べることの危険さえも懸念される程に（しかし発見された時の気まずさを考えない場合）一寸と考えざるを得ない弱点を必ずしも持たないとは言えないであろう。

純粋精神を対象とする文学に対して世俗精神を対象とする文学が純粋精神を対象とする文

学作品の無表情に対して表情的であることを実証する一例のために井伏鱒二氏の名を前に掲げたと言う意味にのみ理解されるならば彼氏の文学作品から世俗精神を対象とする文学作品の夥しい表情性に就て純粋にかつ有効に一オプティミストが現実のサンチマンタリテ*を文学作品に内包したかと言う心理上のメカニズムを発見するモメントを得られるに相違ない。この世俗精神を対象とする文学の方法が如何なるものであっても作品の上に現われる文学的エフィセンシィ*は常にセンチメンタルなものであると言うことに就ては今更に世俗精神の構成に溯ってその拠る処を明示する繰返しから遁れたいと僕は思っている。吾吾が文学を進化に導く処の精神は純粋精神であり同一時代の一般の民衆を風靡し普遍する処の現実に対する倫理学的認識や習慣性の系統に依存することなくそれとは全く無関係の特殊な現実への認識の態度に拠って触発され組織化される処のメタフィジックなそれは純粋精神の容赦なき発動であることを承認し、世俗精神を対象とする文学が一般民衆と言う概念の傀儡にしか過ぎない処のものに民衆自らの概念をネガティブにまたポジチブに反転するところの〈発明の文学〉に対しては〈適用の文学〉とも言う可き《文学活動に於けるこの発明と適用とのカテゴリィに就ては「作品十一月号」に〈詩と現実〉という瀧口修造氏のエッセイが非常に明確に規定している》極ありふれた既存の認識、あるいは精神活動を基礎とするに過ぎず、文学的には単に修辞上の職人的練達に終る一種の仕上工的存在の魅力としての感興が高度の認識よりもの興味ある物語りを希望する民衆の慾望を、その変化極まりない表情によって充足しそれら作品がより熱烈に向えられるという事実を承認しても、吾吾は純粋精神を対象とする文学作品の無表情の知的雰囲気が齎らすノオビリテあるいはピュリテに対して他の世俗精神を対象とする文学作品の表情たっぷりなタルチュフが醸す冷淡な空気あの永遠のエゴイストの洩らすシニカルなくすぐりの賤しさを憫然と見ないわけにはゆかないのである。

INTRODUCTION

『黒い招待券』前書

　ある秋の日の、ひさしぶりに空の美しい日であった。閑散とした山の手のとある坂道をくだりながら、ふと、私がこれまで折りにふれて書きつづけてきた短い物語を集めて小さな本をつくることを思いたった。しかし、そのことを思いたってから、ずいぶん時がすぎてしまった。コンタックスを肩に、私の好きな山の手の静かな街を散歩しながら、私の小さな本の装幀やレイアウトのことを考えたり、それに印刷する短篇を選んでみたりする日が何ケ月もつづいた。そのため写真の方はすっかりお留守になってしまって、この１、２ケ月は、１本のフィルムがまだカメラの中にはいったままというしまつである。

　いつか１人の友人に久しぶりに出会ったうれしさのあまりに、その本のことをちょっと話したことがあった。すると友人はひどく面白がって、ぜひその本をはやく出版したまえとすすめてくれた。けれども、そのあとで友人がつけくわえた一言は私をひどくあわてさせた。その友人と私はとあるスタンド・バァのスツゥルの上にお行儀よくならんで、私が飲めるただひとつのウイスキィであるそのブラック・アンド・ホワイトのカップを前にしていたわけであるが、友人は何気ない調子で私に言った。

「君の小説といえば、ずいぶん長い間お目にかからない。〈今日の文学〉とか〈文芸レビュー〉とか〈文芸汎論〉などという雑誌が出ていた頃からずっとだね。あの頃は君と同じで金もなく仕事もないという退屈な時代であったが、おたがいにあれでよく生きていられたものさ。それはそれとして、その本の題名はぜひ、われらの退屈時代を記念して退屈読本としたまえ。青い退屈読本というのはどうだろう。ぜひ、それにしたまえよ」たしか退屈読本という名は、誰かの本の題名であったように思う。その上に青いという形容詞をひとつ加えてみたところで、人はただのイミテイションだと思うにちがいない。しかしそれにしても、その友人の言葉には、私には見えない私の背中を一瞬見せられたような何かがあった。

ここに集めたいくつかの小さな物語は、すべて〈文芸レビュー〉と〈文芸汎論〉と〈VOU〉に発表したものばかりである。ということはこれらの作品が私のためにただの1銭も稼いでくれなかったということを意味している。私が書いた物語は、この他にまだ20篇はあったと思うのであるが、その大かたは私のファイルからいつの間にか消えてしまっていた。またこの本をつくるに当って、あまりに実験的な作品はやめてしまい、いわば「散文で書いたリリック」というようなものばかりを選んだ。私はどちらかといえば、他人の生活とかそれについての意見などというものにはあまり興味がない。たしかにそれは1人の人間にとっては重要なものであることを否定しはしないが、それは誰もがもっているタオルとか電気洗濯機のようなものであって、あらためて注意してみるほどの価値はない。私にとって興味のあるものといえば、そのようなありふれた人間の頭から生まれてくる、ものの役にもたたないような空想や思いつきのグロテスクな面白さである。このような思考やビジョンはちょっと見たばかりでは愚にもつかない断片のアッサンブラァジュ*といったような印象を私たちにあたえるのであるが、そこには天使の翼から脱け落ちた羽毛や妖精の腕毛などがときたままぎれこんでいたりするのである。その黄金いろの羽毛や菫いろの1本の腕毛は、私たちがいつもちがった星の世界に朴《ほお》の木の葉のように漂っていくことのできるコバルトいろのあの扉の鍵である。

しかし、それはそれとして、この私の本のことに話をかえそう。ここに集めた10篇の物語のうちの最初の2篇は〈文芸汎論〉に、次の2篇は〈文芸レビュー〉に発表したの*であって、何れも1930年代の作品であるが、この本に加えるにあたって全部新仮名づかいに改めた。

それから、その他の6篇は1950年以後VOUに発表したものである。編集にあたって、仮名づかいのほかはすべて発表当時のまま、すこしも手を加えなかった。面倒くさかったからである。

最近とくに私にはミザントロォプ[*]の傾向が強くなってきたらしい。スタミナがなくなってきたせいかもしれない。ともあれこれらの小さな物語のひと束を、私の友情のしるしとして私の友人たちに贈りたいと思う。

＊正しくは、〈文芸汎論〉1篇、〈新作家〉2篇、〈新文芸時代〉1篇。巻末初出誌参照のこと。

初出誌一覧

尚、＊は小説集『黒い招待券』（１９６４年刊）所収

i

セパアドの居る家	「文芸汎論」１９３４年２月号	
献辞	「文芸汎論」１９３９年６月号	
オワゾオ夫人	「婦人画報」１９３９年11月号	
ある結婚	「若草」１９３７年１月号	
秋	「新文芸時代」創刊号　１９３２年１月発行	＊
ムッシェルシャアレ珈琲店	「新作家」１９３１年８月号	

ii

人間生活の覚書	「ドノゴトンカ」１９２９年12月号	
頬の日曜日	「文芸レビュー」１９３０年７月号	
種子と球根	「文芸レビュー」１９３１年１月号	
白の思想	「前衛時代」１９３１年４月号	
春の日に	「新作家」１９３１年５月号	＊
初夏の記録	「新作家」１９３１年６月号	
夜の挨拶	「近代生活」１９３１年８月号	
紫の影	「今日の文学」１９３１年８月号	
青葉	「今日の文学」１９３２年５月号	

背中の街　「若草」１９３８年８月号

iii

獵　「文芸汎論」１９３４年５月号　＊
煉瓦の家　「婦人画報」１９３９年９月号
青ダイヤ　「少女画報」１９３９年４月号
凡兆　京の雨　「風流陣」第50冊　１９４１年６月発行
夏のスキャンダル　「新作家」１９３１年７月号　＊
初夏　「エコー」３３４号　１９３５年５月発行
レグホン博士のロボット　「サイエンス」１９３２年３、４月号

iv

蘭の花　「少女画報」１９３９年１月号
深紅の手袋　「少女画報」１９３９年２月号
黒水仙　「少女画報」１９３９年３月号
菫　「少女画報」１９３９年５月号
緑のネクタイ　「少女画報」１９４０年３月号
山百合　「少女画報」１９３９年６月号
海の日記　「少女画報」１９３９年７月号
驟雨　「少女画報」１９３９年８月号

女郎花　「少女画報」１９３９年９月号

コスモス　「少女画報」１９３９年10月号

薔薇　「少女画報」１９３９年11月号

白い箱　「少女画報」１９３８年12月号

V

小説ならぬ小説に就て　「今日の文学」１９３２年８月号

文学への懐疑　「新文学研究」４号　１９３１年９月発行

文学の表情　「トランシジョン」２号　１９３１年12月発行

INTRODUCTION　＊『黒い招待券』前書

●難解と思われる語の50音順の註釈

「●見出し語 頁 意味」の順に

● omitted 64 略。●アッサンブラァジュ 248 仏 assemblage 「寄せ集め」の意の美術用語。●アカンサス 90 葉アザミ。古来より装飾モチーフとして多用される。●アパッシュ 235 仏 apache チンピラ。●アブデュラ 120 Abdulla 英国製煙草。●ヴァニティ 86 英 vanity 虚栄心。●エフィセンシィ 244 英 efficiency 効能。●オブスキュリテ 243 仏 obscurité 闇。●キルク 28 蘭 kurk コルク。●グウ 109 仏 goût センス。●クッサン 77 仏 coussin クッション。●クラナッハ 80 15世紀ドイツの画家。●グロキシニヤ 121 ブラジル産の多年草。分厚い葉に鐘型の花が美しい観賞用鉢植。●ゲラントリィ 77 仏 galanterie 色っぽさ。「ゲラン」は形容詞。●コント・ド・フェ 236 仏 conte de fées おとぎ話。●サイクラメン 91 英 cyclamen シクラメンの英語読み。●サンチマンタリテ 244 仏 sentimentalité 感傷。センチメンタリティ。●シプレ 117 仏 cyprès 糸杉。コティ社の香水「シプレ」(1917年)に発し、香りの代表的な一系統とされる。●ショファ 202 仏 chauffeur 運転手。●スカンダル 110 仏 scandale。スキャンダルの仏語読み。●ステイン・ソング 75 Stein song ドイツ民謡「乾杯の歌」。●ゼオゲネス 88 犬儒学派の祖ディオゲネスのことか。●セガンチニイ 72 19世紀イタリアの画家セガンティーニ。●タルチュフ 233 仏 Tartuffe モリエールの同名戯曲の主人公の名。ペテン師。●ダンテル 137 トルコのレース編みのことか。●デディカアス 31 仏 dédicace 献辞。●トオク 209 仏 toque 縁のない帽子。●トラジェディ 193 仏 tragédie 悲劇。●ピジャマ 54 仏 pyjamas パジャマ。●プランス 62 仏 prince 王子。●ペイブメント 63 英 pavement 舗道。●ベゼ 81 仏 baiser キス。●ペデストリヤン 42 英 pedestrian 歩行者。●ベトン 28 仏 béton コンクリート。●ミザントロォプ 249 仏 misanthrope 人間嫌い。●酋長メリテタリ 128 不明。●ロオン 37 英 lawn 芝生。●ワルプルギス 122 魔封じの聖人の名。ゲーテ『ファウスト』にも登場するが、ヨーロッパでは広くその記念日の前日 4月30日に魔力が高まるとして「ワルプルギスの夜」という魔女の祭が行われる。●●●●

きたぞの・かつえ

1902-78年

三重県生。1920年代(大正末期)から詩作を始める。

西脇順三郎・瀧口修造らと並び、西欧の前衛運動と呼応した日本のモダニズム詩・前衛詩を牽引。

主な詩集に『白のアルバム』『黒い火』『円錐詩集』『ガラスの口髭』などがある。

戦後はイラスト・デザインにおいても活躍、バウハウスの影響を強く受けたスタイリッシュな作風でハヤカワ・ミステリ文庫など手がけた装幀は膨大な数に上る。

1935年創刊の主宰誌『VOU』は、詩はもとより写真・美術・建築・音楽・映像などをフィーチャーする総合芸術誌として、今なお海外からの注目も高い。

北園克衛モダン小説集

白昼のスカイスクレエパア

二〇一六年一月一五日　第一刷発行

著者　北園克衛
発行者　田尻勉
発行所　幻戯書房
郵便番号一〇一-〇〇五二
東京都千代田区神田小川町三-一二
電話　〇三-五二八三-三九三四
FAX　〇三-五二八三-三九三五
URL　http://www.genki-shobou.co.jp/

印刷・製本　中央精版印刷

定価はカバーの裏側に表示してあります。

ISBN978-4-86488-089-3 C0093